A ENCOMENDA

A *encomenda*

Margarita García Robayo

Tradução do espanhol de
Silvia Massimini Felix

MOINHOS

Copyright © Margarita García Robayo, 2024
© Moinhos, 2024.

Edição Nathan Matos
Assistente Editorial Aline Teixeira
Revisão Joelma Santos e Tamy Ghannam
Diagramação Luís Otávio Ferreira
Capa Sérgio Ricardo

Dados Internacionais de Catalogação na Publicação (CIP) de acordo com ISBD

R629e Robayo, Margarita García
A encomenda / Margarita García Robayo ; traduzido por Silvia Massimini Felix. - São Paulo : Editora Moinhos, 2024.
168 p. ; 14cm x 21cm.
ISBN: 978-65-5681-168-0
1. Literatura colombiana. 2. Romance. I. Felix, Silvia Massimini. II. Título.
2024-2387
CDD 868.9936
CDU 821.134.3(81)-34
Elaborado por Vagner Rodolfo da Silva - CRB-8/9410
Índice para catálogo sistemático:
1. Literatura colombiana 868.9936
2. Literatura colombiana 831.134.2(862)

Todos os direitos desta edição reservados à Editora Moinhos
www.editoramoinhos.com.br
contato@editoramoinhos.com.br
Facebook.com/EditoraMoinhos
Twitter.com/EditoraMoinhos
Instagram.com/EditoraMoinhos

*Primeiro foi como a intromissão de uma mosca no inverno.
Algo tão raro. Os olhos seguem o voo.
O ouvido tenta perceber o zumbido.
A mosca se detém na mesa
na lâmpada. Desconcerta.*

Estela Figueroa, "A mosca"

*Esta história
é um pouco particular,
mas é assim.
É nossa história.
E quando eu a tiver lhe contado,
será sua
para sempre.*

Germano Zullo e Albertine, *Meu pequeno*

1

Minha irmã gosta de me mandar encomendas. É ridículo, porque moramos longe e a maioria das coisas vai se estropiando no caminho. Longe é uma palavra curta demais quando traduzida para a geografia: cinco mil e trezentos quilômetros é a distância que me separa da minha família. Minha família é ela. E minha mãe, mas não tenho nenhuma relação com minha mãe. Acho que minha irmã também não. Faz anos que quase não me fala dela, embora eu suponha que ela ainda se ocupe das suas próprias coisas. Às vezes fico curiosa para saber o que aconteceu com a casa em que moramos quando crianças, mas não pergunto porque a resposta pode vir com informações que eu prefiro não ter.

A casa ficava numa vila de pescadores distante da cidade, uma ponta de areia que se projetava no mar como uma presa. O terreno era grande e a casa pequena, ficava no alto de um barranco com vista para um mar meio selvagem que cuspia ondas que se arrebentavam contra os esporões. A lembrança mais perdurável que tenho dessa casa é a de uma noite em que minha mãe saiu e demorou muito para voltar. Eu devia ter uns cinco anos e minha irmã, dez. Eusebio, o caseiro, trouxe minha mãe ao amanhecer. Ele disse que a encontrara andando pela estrada. A desculpa dela era que tinha saído para tomar um pouco de ar e perdera a noção do tempo. Desde que me entendo por gente, minha mãe precisava de ar: lembro-me dela abrindo as janelas e as portas da casa, abanando-se com as mãos de forma enérgica e descontrolada. Sempre tive a ideia de que seu corpo abrigava um bando de pássaros que batiam as asas para sair e a arranhavam por dentro. E era por isso que chorava. E se alguém viesse consolá-la, algo que consistia estritamente em ir cercando-a devagar com o olhar temeroso, ela escapulia como uma lagartixa e se trancava no banheiro.

Falo com minha irmã uma vez a cada quinze dias. Também nos aniversários. E ela tem a delicadeza de me ligar quando algum furacão atinge o Caribe — algo de que raramente tomo conhecimento —, para me avisar que onde eles moram não chegou nem uma brisa. Temos conversas bem-intencionadas e curtas. No fim, ela sempre anuncia que está preparando uma encomenda para mim, detalha os produtos e me mostra os desenhos que meus três sobrinhos vão me enviar, nos quais eu sempre apareço com lábios enormes, roupas floridas, capas douradas, coroas e umas chamativas botas de caubói que eu nunca tive e nunca teria. Às vezes ela me diz "essa aqui vai com uma surpresinha", e manda junto uma foto de quando éramos pequenas, uma das muitas que ela tem nos seus álbuns ordenados por ano. Lamento que nem os desenhos nem as fotos cheguem inteiros, pois ela enfia tudo na mesma caixa e o papel fica molhado com as polpas de frutas, que respiram no saco durante a viagem. Algumas fotos, dependendo do papel, aguentam melhor; não chegam a se desintegrar, mas o líquido borra nosso rosto e nos torna fantasmagóricas.

Portanto, costumo receber caixas perfeitamente embaladas por fora, mas recheadas de comida podre.

Permito que minha irmã me envie encomendas porque dizer não a ela requer uma explicação que ela vai levar a mal, reafirmando para si mesma que a distância me tornou uma pessoa desdenhosa. Depois de anos de ausência e vínculos oscilantes, a estratégia mais segura para manter a harmonia é fingir que não há grandes diferenças entre ela e eu. Neutralizar-nos. Isso exige um esforço significativo de ambos os lados. Sei o quanto é difícil para ela fingir que considera minha vida de exilada normal, e não uma extravagância, *um excesso de excentricidade*. E eu naturalmente tenho de aceitar algumas coisas, por exemplo, que a embalagem a vácuo de produtos perecíveis seja uma técnica desdenhável.

— Conte com isso — ela me diz agora da tela do computador.

Hoje não tínhamos que conversar, mas liguei para ela porque vou precisar da sua ajuda para me enviar um documento que estão me pedindo para a bolsa. "Outra bolsa?", foi sua primeira resposta, bastante morna. "Mas na Holanda", expliquei, "o primeiro mundo." "Parabéns!" Aí estava a reação esperada, que agora eu devia suavizar: "Mas eles ainda não me deram". E ela: "Mas vão te dar".

Ainda não lhe expliquei o que tem de fazer e ela já está respondendo que sim, claro, ela vai me enviar o mais rápido possível. Como das outras vezes, ela se mostra determinada a me fazer favores dos quais depois esquece. Parte da piada sobre ser a irmã mais velha é me transmitir essa confiança entusiasmada, mas um tanto vaga.

Toda vez que conversamos, reforço minhas ideias sobre a falácia do parentesco. A cada ligação, a teoria ganha em espessura o que perde em clareza. Imagino minha cabeça hospedando longas lombrigas que se batem contra as paredes; que crescem lenta e excessivamente; que se enrolam em si mesmas para ocupar cada vez mais espaço. Eu as deixei ficar ali por anos, desejando que o tempo passasse por cima delas e as esmagasse. Mas o tempo não foi mais do que uma efervescência. Um dia, as lombrigas vão brotar do meu couro cabeludo como uma medusa.

— ... e umas cocadinhas daquelas que você gosta — diz minha irmã como fechamento de uma enumeração à qual eu não estava prestando atenção. É o inventário da última encomenda que ela mandou para mim e que deve estar prestes a chegar. Nem um mês se passou desde a anterior, o que me parece incomum, mas não quero interrompê-la para perguntar por que ela está com tanta pressa, senão a conversa se estenderia demais.

Minha teoria parte do pressuposto de que a consciência do vínculo é suficiente para convencer as pessoas de que o parentesco é um recurso inesgotável que vale para tudo: unir destinos opostos, dobrar vontades, combater o desejo de rebeldia, transformar mentiras em memórias e vice-versa; ou ter uma conversa anódina. Mas não é suficiente, pelo contrário. O parentesco é um fio invisível, você tem de imaginá-lo o tempo todo para lembrar que ele está lá. Nas últimas vezes que vi minha irmã, continuei repetindo para mim mesma: "Somos irmãs, somos irmãs", como quem só pode explicar um fato misterioso apelando para a fé. É outra coisa morar com seus parentes — é o que penso sempre que a vejo com sua prole —, descobrir-se todos os dias nos rostos e gestos de outras pessoas que envelhecem com você e que reproduzem suas informações genéticas como esporos. Quando minha irmã olha para seu filho mais velho — idêntico a ela —, posso ver a satisfação — e o alívio — nos seus olhos: viverei no seu rosto para sempre. Talvez o entendimento entre eles não seja tão simples ou automático, mas a aceitação vem mais rápido.

Agora minha irmã enruga a testa e desvia o olhar, indicando que está pensando em como preencher o vazio em que a conversa caiu. Essa é uma instância que me apavora. O que se segue é a vertigem, o mergulho em conversas banais. E eu não sou boa nisso. Sou ruim, mas não porque me falte habilidade — posso sustentar longas conversas banais com os outros —, mas no sentido da maldade. O único antídoto que conheço contra a banalidade é a maldade. Nunca aprendi a ser compassiva com minha família.

Às vezes sinto que duas pessoas vivem em mim e que uma dessas pessoas (a boa) controla a segunda, mas às vezes se cansa e baixa a guarda, e então a outra (a má) aparece furtivamente, com um desejo louco de machucar por prazer.

Alguns anos atrás, voltei ao meu país por alguns dias para renovar meu passaporte. Minha irmã me convidou para ficar na casa dela, com sua família. Ela e o marido trabalhavam, e a criança — naquela época só havia uma — ia para a creche, assim eu ficava bastante sozinha na casa dela. Eles me cederam o quarto do menino, eu dormia numa cama baixa com lençóis dos Power Rangers e, para me olhar no espelho do closet, tinha que me abaixar um pouco. Depois ia para a sala de jantar, fazia um chá e me sentava para escrever. Às vezes, fazia pausas para bisbilhotar. Não encontrava muitas coisas chamativas, minha irmã é uma pessoa óbvia. Seu único segredo era uma foto do meu pai escondida no seu closet. Eu já conhecia aquela foto; quando mudei de país, ela me disse que, se eu quisesse, podia levá-la. "Não, obrigada, você vai guardá-la melhor", lhe disse. E por que isso era um segredo? Porque o filho tinha uma versão da família que não contemplava um avô materno. Nem morto, nem vivo, nem nada. Quando perguntei por que ela fazia isso — editar sua genealogia daquela maneira extravagante —, me disse: "É complicado".

No closet, ela também guardava seus trajes completos pendurados em cabides de madeira maciça para suportar o peso — porque o conjunto incluía os sapatos, guardados numa sacola de lona com alças penduradas na base do gancho. Eu me perguntei quando os escolhia, se os mesclava de vez em quando ou se eram invariáveis. Na sua mesa de cabeceira havia revistas marcadas em alguma página que talvez ela quisesse ler ou reler. Em geral, eram notas sobre como ressaltar as virtudes do corpo e disfarçar as imperfeições. Era, mais ou menos, o tipo de coisa pelo qual ela se interessava desde a adolescência. Isso, além de morar no mesmo bairro em que crescemos, fazia com que sua casa me parecesse uma porta de entrada para o passado.

Quando eles chegavam, o marido — que se orgulhava de ser um bom cozinheiro — cozinhava e ela dava banho no menino. Eu queria ajudar, mas não sabia muito bem como poderia me encaixar numa família ajustada, com suas rotinas e seus hábitos. Fazia coisas elementares: pôr a mesa e contar histórias para meu sobrinho, até que um de nós começava a bocejar — geralmente eu. Então me sentava com minha irmã para tomar um chá e a ouvia contar seu dia em detalhes exasperantes. A essa altura, minha tia Vicky tinha morrido fazia quase um ano, e minha irmã ainda continuava com raiva. Mas ela não estava zangada com a morte, nem com a vida, nem com Deus — que a levou tão cedo —, e sim com o aquecimento global, o lixo tóxico, os laboratórios que produziam vírus, a radiação das antenas nas vias públicas e com qualquer outra coisa que pudesse estar atrofiando nossas células. O cotidiano que compartilhávamos era uma ficção, mas nos primeiros dias deu certo. Às vezes, até parecia agradável. Criei o hábito de ir à lojinha comprar chocolates mini Jet, que depois escondia em lugares onde sabia que minha irmã e sua família os encontrariam facilmente. Eles sempre fingiam estar surpresos, todos nós fingíamos não saber de onde tinham vindo e meu sobrinho era tomado por uma risada nervosa, uns cacarejos de pânico bastante incontroláveis. Nem assim confessávamos, deixávamos que ele acreditasse que um duende entrava na casa para nos deixar guloseimas. Depois de uns dez dias que eu estava lá, porém, apareceu a outra, a malvada, e comecei a fazer-me de esnobe; dizer coisas ridículas com o nariz empinado, como se cheirasse tudo mais do que o necessário: "Quem será que inventou esse costume ordinário de pôr queijo em cima de um peixe?", soltei uma noite, e revirei os olhos de nojo. Meu sobrinho entendeu o suficiente para deixar intocado o prato que seu pai lhe servira, uma posta de robalo mergulhada em cheddar. Eu camuflava minhas explosões no álcool, para que, numa análise posterior da situação, alguém pudesse dizer: "Coitadinha, ela está bebendo muito". Era um pouco verdade. À medida que eu bebia, a noite ia perdendo o brilho e aumentava meu desejo de ressaltar a opacidade que envolvia todos nós. Na véspera de ir embora, aumentei a aposta. "Comida cremosa é o disfarce da incompetência", eu disse, assim que abri a segunda lata de cerveja, "um bom cozinheiro prefere fazer xixi no prato a banhá-lo em creme." E minha irmã correu para jogar fora o rocambole de frango e bechamel que havia preparado de surpresa para mim. Ato contínuo, pegou o telefone e pediu uma pizza.

Eu sabia que minha irmã passara a tarde batendo ovos, macerando pimentões, dourando alho e executando não sei quais outras especificidades dedicadas inteiramente a mim? Óbvio que sabia. Sabia que a verdadeira elegância era um misto de humildade e discrição? Não sabia. E o fato de minha irmã não ter respondido indicava que ela sim sabia. Sua grandeza me esmagava. De manhã, com o táxi do lado de fora, mala na mão e pés enterrados num estranho nevoeiro que pairava na rua, pedi perdão. Mas disse baixinho, sem me dirigir a ninguém, e as palavras evaporaram. Eu me inclinei para fora da janela do carro para vê-la enquanto me afastava: uma menina gigante esperando que seus pais viessem buscá-la. Um cartão-postal do desamparo. E eu, uma fugitiva. Chorei o resto da viagem de táxi e chorei no avião também, até que uma aeromoça me ofereceu um uísque, ao qual adicionei um sonífero.

Então agora eu a escuto em silêncio e lhe dou respostas mentais que atiçam meu aborrecimento em vez de aliviá-lo. Agora eu a escuto e assinto com docilidade, enquanto luto para conter a criatura desnorteada dentro de mim, arrancando com os dentes as cutículas que sangram.

Qualquer pessoa mais ou menos sã consideraria suspeito o fato de eu continuar irritada com coisas tão insubstanciais como sua gesticulação imoderada ou aquela tosse mínima, mas constante, que a faz interromper as frases para limpar a garganta com uma espécie de rugido. Uma vez tentei contar tudo isso para minha amiga Marah e ela ficou pensativa, dizendo-me depois:

— Talvez crescer signifique aprender a transformar essa irritação em ternura.

— Tá.

— Já viu quando alguém diz: "Isso me enternece", mas não num sentido sarcástico, e sim resignado?

— Sim?

— Ok, isso é um sinal de ter crescido.

Então, segundo Marah, eu não tinha crescido. Padecia de nanismo emocional.

— Ou talvez não — respondi —, talvez a irritação venha de outra coisa que prefiro interpretar como preguiça.

— Preguiça?

— Sim, tenho preguiça de desvendar.

— Mas por quê?

— Porque dura muito tempo, dura para sempre e, em geral, não se tira muito proveito disso.

— Então — disse Marah —, qual seria sua solução?

— Evadir-me — isso soou como se eu não estivesse improvisando, como se estivesse mastigando aquela resposta junto com minhas unhas —: soltar o peso e me libertar.

É o que estou fazendo agora. Passo pela porta de vidro do apartamento, a que dá para a varanda e que, deste ângulo, tem vista para um edifício em construção vários quarteirões à frente, e cuja estrutura quadriculada e oca contém pedacinhos do céu. De longe, parece um desenho. A obra está parada há meses. A estrutura de concreto ficou pronta, pisos e lajes foram terminados, mas não chegaram à finalização. Seria um prédio de escritórios, cinquenta andares de concreto e vidro, e um daqueles elevadores panorâmicos dos quais muitas vezes é preciso ir tirar alguém com vertigem. Ou em pânico. Ou banhado em vômito.

A ruga na testa da minha irmã começa a se dissolver:

— Está fazendo muito calor? — pergunta.

— Não, agora é outono.

— Que lindo, como nos filmes.

Que filmes?

— Mas o sol é brutal — digo.

É verdade. Pelas janelas ocas do edifício cinzento, *o sol brota brutal e brilhante.*

— Aqui também, você sabe, aqui é o verão eterno. — Ela ri meio sem graça.

Verão. Difícil dizer sem o contraste. Calor excessivo o ano todo não significa verão.

— Enfim, o verão também é bom, né? — ela diz.

Verão significa o renascimento de algo que morreu. Sem morte não há vida, quero dizer a ela. As folhas doentes morrem primeiro, e isso é bom para elas porque renascem mais cedo, logo no início do calor. As mais saudáveis resistem, atravessam a estação e se mantêm vivas num clima que as castiga. Vivem mais e sofrem mais. São mártires.

— Não sei se gosto de verão. — Suponho que ela esteja esperando que eu diga isso para que possa me dar uma resposta tranquilizadora.

— Que sorte, então. Porque você não teria opção aqui.

A verdade é que minha irmã nem sempre preenche as lacunas nas conversas da mesma maneira. Tenho de admitir que ela se arranja melhor do que eu. Às vezes, quando percebe que ficamos em silêncio por um tempo e com o olhar distante, ela prossegue com uma estratégia que me parece sábia: contar-me histórias de pessoas que não conheço, ou que conheço apenas através das suas histórias repetidas, graças às quais me resultam de fácil leitura. É assim que posso lhe dar respostas precisas para suas perguntas arbitrárias:

Adivinha o que a Maria Elvira fez comigo? / Pediu dinheiro emprestado e não te pagou. / Você é uma bruxa, sabe?

Você não sabe o que aconteceu com o Lucho! / Qual Lucho? / O tio Lucho. / Ficou bêbado e foi roubado. / Isso mesmo!

Você se lembra do filho da Patricia Piñeres? / Eu acho / Bem... / Ele é gay. /A-há!

Melissa, minha cunhada, pediu demissão. /Por quê? Engravidou de novo? / Virgem Santíssima, como você faz para acertar?

Mas esse não é o caso hoje. Ela não me diz nada sobre ninguém. Quando percebe meu silêncio, se cala e suspira. Suponho que ela também se canse do peso da incompreensão; suponho que eu lhe pareça não apenas uma irmã *desapegada, desafortunada e displicente*, mas uma mulher orgulhosa. Para ela, também, o parentesco não é suficiente, claro que não. Em casos como o nosso, conviver não é uma questão de magia, química ou afinidade, mas de *tenacidade, de teimosia, de trabalho tortuoso*.

Às vezes, a evasão consiste em imaginar um buraco negro no pensamento, através do qual lanço enumerações enganosas, ou palavras semelhantes em forma e significado. Em todo caso, a evasão é sempre um jogo bobo que me ajuda a desviar o foco.

— Bem, você já vai receber a encomenda — diz ela, como preâmbulo do encerramento.

Então percebo suas roupas: mais formais do que em outros dias, todas na paleta do bege, como se estivesse vestida para ir a um batizado. Seu cabelo está alisado, num tom mais claro do que da última vez, sem raízes visíveis. É um milagre que seu cabelo continue crescendo depois de alisá-lo por tantos anos, e de um modo tão consistente que minha tia Vicky tinha que fazer compressas de aloe vera para curar a irritação no seu couro cabeludo. Minha irmã é branca como um merengue de claras batidas, mas seu cabelo é encaracolado e indomável, e esse, como dizia minha avó, é o único e verdadeiro traço que define a negritude. Boa parte da sua adolescência foi dedicada a erradicar essa característica, mesmo que isso significasse dilacerar a cabeça.

— Você vai a algum lugar? — pergunto.

Não há barulho ao seu redor, o que me faz supor que os filhos, o marido e o cachorro chato que solta pelos à medida que anda não estão presentes. É sábado e eles geralmente estão todos por ali, zumbindo pelos cantos como cigarras da montanha.

— Vamos pro cruzeiro.

— Onde?

— Eu te falei, vamos fazer um cruzeiro.

E eles estão muito contentes porque há um monte de atividades para as crianças, diz ela. E um cinema com *monster screen*; piscina de ondas e piscinas normais; chefs de todo o mundo; aulas de ioga; um spa colossal; lojas de grife; dois eventos de gala...

— E o cachorro?
— Ele vai ficar com os vizinhos, está indo agora.
— Vocês já vão?
— O navio sai em duas horas, mas ainda temos que chegar ao porto.
— Tá.
— Bem, cuide-se. — Ela se aproxima da tela e solta um beijo sonoro.
— Boa viagem — respondo, mas seu rosto desapareceu. Só encontro o meu refletido na tela, com aquele olhar de aborrecimento que me resta quando sinto que perdi algo.
Qual o destino do cruzeiro? Quando ela planejou isso? É uma viagem repentina? É um prêmio?
Lembro-me do meu papel, do trâmite, da urgência do meu chamado.
Marah teria me dito que, talvez, não houvesse essa urgência.
Como não?
Eu realmente queria ir para a Holanda?
Sim, queria.
Para quê?
Para escrever.
E o que estava fazendo aqui?
O mesmo, mas com sofrimento.
E aquele cara com quem eu estava saindo há... dois, três meses, ele não me fazia duvidar nem um pouco?
Não.
Nem um pouco?
Não.
Não?

2

Moro no sétimo andar com uma vista interrompida pelas copas das árvores e algumas torres novas e modernas que foram sendo construídas no quarteirão. Quase em frente, na diagonal para ser exata, há um edifício de lofts de altura dupla, fachadas de aço e vidro. São caros, pretensiosos, minúsculos. Do meu apartamento posso ver tudo o que acontece dentro do único loft que dá para o meu lado, o do casal com o bebê. Hoje eles não estão. Saíram ontem à noite com um par de sacolas de pano e o carrinho dobrado e, como de costume, deixaram a luz acesa para despistar sabe-se lá quem. Talvez façam isso para não tropeçar quando voltarem, dissera Axel, enquanto os víamos sair da minha varanda. Tínhamos nos sentado num par de cadeiras de plástico, longe da varanda, porque ele tinha vertigem. Ontem à noite foi a terceira vez que Axel veio a minha casa. Em geral vamos para a dele, que é mais bem equipada e não tem varanda.

Não gosto quando os vizinhos saem. Isso me obriga a olhar para outras janelas com panoramas mais difusos. Acho que eles também não gostam de sair, quando voltam parecem mal-humorados. Passam o bebê de um braço para o outro e o bebê chora porque sente o desconforto deles. Eles, por sua vez, ficam atordoados com o choro: balançam o bebê muito rápido, empalidecem, parece que estão prestes a entrar em colapso, até que o bebê se acalma e o oxigênio deles volta. Não sei como podem recuperar o equilíbrio que lhes escapa em cada um desses episódios, diante do rosto deles, como uma nuvem fulminante de mosquitos.

Agora estou com os cotovelos no parapeito. Não tenho vertigem, pelo contrário, olhar aqui de cima me acalma. Lá embaixo, o porteiro varre a entrada do prédio. Ele está usando um macacão marrom que, visto de cima, o faz parecer um daqueles insetos redondos que cheiram mal. Percevejos, como dizem. Ele olha para cima, aperta os olhos para o brilho do céu e me vê olhando para ele. Eu o cumprimento, ele se apoia na vassoura e me cumprimenta de volta. Cai uma chuva lenta, mas constante, de folhas amarelas. Espero que ele se vire e continue sua tarefa. Máximo, esse é o nome do porteiro, pode passar o dia todo varrendo. E, nesse exercício, uma bola de amargura vai se formando na boca do seu estômago. Aquele tipo de amargura que, a longo prazo, te leva a pegar um pau e atacar um cachorro ou um velho.

O sol brilha através da folhagem e eu saio da varanda.

A previsão diz que chove durante todo o fim de semana, embora ainda não seja possível sentir o cheiro. Não vou sair. Vou me virar com uma lata de atum e uma maçã e vou me sentar e escrever o projeto da bolsa a tarde toda. Faltam dez dias para enviá-lo.

Dou umas voltas preguiçosas pelo apartamento: cozinha, sala, quarto, banheiro, quarto, sala, cozinha. Se meus passos deixassem marcas no chão, o desenho do percurso seria o de um U de abertura estreita. Meu apartamento também é minúsculo, mas num sentido mais proletário do que aqueles do outro lado da rua. Faço um esforço para despojá-lo de qualquer adorno porque temo que, se me deixar levar, revele algo de uma caipirice que rejeito, mas que, no fundo, sei que tenho e que pode ser descoberta com muito pouco. Por isso, procuro mantê-lo limpo e arrumado, privilegiando os elementos funcionais que, na sua maioria, moram na cozinha. Disfarço minha ignorância como minimalismo.

A única coisa neste espaço que escapa a uma vocação austera é o sofá Chesterfield, que ocupa todo o ambiente destinado à sala de estar-jantar. O Chesterfield é meu sofá para as visitas, minha *chaise longue* para cochilos e minha escrivaninha e mesa de jantar. Comprei-o numa feira americana na casa de uma velha rica que tinha morrido. A feira estava anunciada numa página em que eu me inscrevera, e de vez em quando recebia notificações de vendas a que eu não ia. Sempre acontecia que o que eu gostava era muito caro e o que eu podia comprar era doloroso porque me jogava na cara minha precariedade. Fui a essa feira porque a velha morta tinha o mesmo nome que eu, e essa coincidência foi suficiente para me convencer — embora não fosse tão estranho: meu nome, pelo menos nesta cidade, é um nome antigo. Quando cheguei, o sofá já estava vendido; foi o que a organizadora me disse enquanto balançava com determinação sua coroa de cachos avermelhados, e imediatamente quis me confortar com um conjunto de talheres de prata enegrecidos. Apareceu então o filho da mulher morta, que tinha uma espécie de retardo e por isso ninguém lhe prestou muita atenção quando ofereceu as bugigangas expostas na mesa do jardim, área em que fora confinado por aquela cruel mulher de cabelos ruivos. O fato é que é claro que o rapaz não conseguiu tolerar a decepção que manchava meu rosto, pois me levou para fora e, enquanto insistia em me mostrar alguns guarda-chuvas mofados, tirou do bolso o cartãozinho que dizia o nome e o modelo do sofá com a legenda "comprado por" seguida de uma risca que eu devia substituir por minhas informações e depois colocá-la na caixa de vendas. "É seu", disse ele na sua modulação letárgica, e me entregou o cartão com um gesto parecido a uma reverência. E foi assim que perpetuamos uma fraude que me custou caro: entre o preço que paguei e o transporte que contratei, gastei minhas economias de dois meses.

O sofá é tão deslocado na minha sala que fica até engraçado. Cumpre a função de me isolar numa falsa bolha de sofisticação, incompreensível para a maioria dos que entram na minha casa. Ontem à noite, Axel me perguntou se eu era uma condessa falida "ou algo assim". Riu. Fiquei olhando como seu rosto se desmanchava à medida que crescia seu desconcerto com meu silêncio. "Brincadeira", corrigiu. Fiquei pensando no vazio da expressão que encerrou seu comentário: "ou algo assim". Algo assim como o quê? No fim, dei-lhe uma daquelas respostas genéricas que podem ser aplicadas a diferentes perguntas: que ninguém estava interessado o suficiente em olhar, foi o que lhe disse, e era assim que algumas pessoas tinham uma falsa ideia dos meus gostos e da minha casa (na verdade, disse uma ideia *vazia e falsa* e minha memória editou a redundância), o que reforçava minha falta de vontade de me explicar para os outros. Quando terminei de falar, me senti estúpida e devo ter parecido estúpida, porque ele não ficou para dormir. Nesse ínterim conversamos sobre outras coisas das quais já não me lembro. Entramos numa dança de imprecisões que arruinou tudo.

É meio-dia, minha irmã já deve ter embarcado no seu cruzeiro. Posso vê-la animada diante da exibição de telas interativas que mostram o mapa do navio marcado com bandeirinhas: ... "há mais de vinte postos de alimentação internacionais".

Quando minha irmã está fora, penso, quem se ocupa da minha mãe?

Não consigo encontrar atum na cozinha. No armário há amendoim com sal e nachos. Abro a geladeira: água, biscoitos úmidos, um vidro de azeitonas na salmoura. Pego as azeitonas e os nachos, acomodo-as no chão ao lado do sofá, ao lado do laptop, e vou ao banheiro. Quando me levanto do vaso sanitário, fico surpresa ao ver meu rosto no espelho da pia. Descubro algo novo. Um gesto contido esperando para ser libertado. Medo, penso. Medo de quê? Algo me faz pensar que estou assim há mais de uma manhã. Meses? Anos? Esfrego o rosto com as mãos. Penteio o cabelo, espanto a ideia, abandono o espelho e volto para a sala. Sento-me no sofá e olho pela janela: um céu apático, ainda sem nuvens. Pressiono o polegar no centro da palma da mão até sentir uma picada e solto.

Sou acordada por uma batida no vidro, mas não há nada lá fora. Está chovendo, o vento deve ter sacudido a porta de correr que dá acesso à varanda. Levanto do sofá, acendo a luminária de chão e ela não funciona. Acho que a energia acabou por causa da tempestade. Ouço outra batida, olho para a porta e vejo um homem encapuzado do lado de fora. Dou alguns passos rápidos para trás, esbarro na luminária, que cai no chão e a lâmpada se estilhaça. O homem dá uma batida com as duas mãos e, em seguida, tira o capuz da capa de chuva:

— É o Máximo — me diz.

É o Máximo, digo a mim mesma, mas continuo paralisada. Há noites em que tudo me parece uma ameaça.

— Você está bem? — questiona ele, com a voz filtrada pelo vidro e pela tempestade.

Eu assinto, mas não se vê nada, então ele não pode notar. Levanto a luminária caída, varro os restos da lâmpada com o pé, formando um montinho de vidro num canto. Abro a porta de correr:

— O que está acontecendo?

Máximo está encharcado. Teve de subir até a varanda para conferir o quadro de eletricidade porque um fusível explodiu, diz ele.

— Ok — eu digo.

Diz que usou a escada de emergência externa e que não tinha sido sua intenção me assustar. Ele continua falando enquanto se dirige ao quadro. Antes de voltar o olhar para aquela constelação de fichas alaranjadas, ele me pergunta outra vez:

— Você está bem?

— Sim, sim. — E lhe ofereço um café, que ele aceita.

A luz volta e eu vou para a cozinha prepará-lo. Quando volto, Máximo está encostado no batente da porta de correr. Não entra porque vai pingar água e estragar o piso, explica. Ele vai embora pelas escadas auxiliares, assim como chegou. Faço que sim com a cabeça.

— Você recebeu a caixa? — ele diz, depois de tomar um gole generoso do seu café.

— Que caixa?

— Não a recebeu?

— Não.

— É muito grande. — Ele termina o café e me entrega a xícara sem agradecer nem nada. O gesto de desdém, aliado à menção do tamanho da caixa (que, suponho, é a encomenda da minha irmã), faz-me lembrar minha mudança para aquele apartamento: como foi difícil pôr o Chesterfield ali dentro, de onde agora olho para ele, enquanto Máximo esfrega as mãos para se aquecer.

A operação consistiu, a princípio, em envolver o sofá numa espécie de papel-filme muito grosso e reduzi-lo a uma proporção importante, mas mesmo assim não cabia no elevador ou nas escadas. Então tive de contratar um serviço de homens com arreios, que o amarraram com cordas e o levantaram e voaram como a Sininho, escoltando o sofá até a varanda. Foi um show acrobático que filmei do início ao fim. Máximo desaprovava tudo, achava arriscado, caprichoso, bobo: "Não é nem um sofá bonito", me disse numa das muitas discussões que tivemos sobre o assunto. Para adoçá-lo, comprei-lhe uma caixa de bombons e um cartão que dizia OBRIGADA em letras maiúsculas. Recebeu com a mesma expressão que recebia as reclamações do condomínio e não se furtou a me dizer que aqui as coisas não eram feitas assim. Com "aqui" ele queria dizer seu país, que não era o meu; com "assim" ele queria dizer qualquer forma que o repudiasse como autoridade soberana.

— Trouxeram à tarde, eu abri para eles. Eles carregaram em quatro, porque é de madeira, muito pesada. — Respira fundo, como se o simples relato o tivesse esgotado. — Eles usavam aqueles carrinhos com alavanca, mas mesmo assim...

— Sei. — Volto a beber da minha xícara vazia.

Máximo assente e olha para a porta de entrada do apartamento. Aponta para ela com o queixo:

— Deve estar aí fora, no corredor.

3

Domingo amanhece ensolarado, mas continuo dentro do apartamento.

Da cama, posso ver um pedaço imperfeito do céu: o azul intercalado por nuvens magras que se desfazem como vapor de chuveiro. No fim, tomam a forma de andrajos secando ao vento e eu fico entediada de olhar para elas, mas não me levanto até o telefone tocar.

— Voltaram? — É Axel. Só ele me liga no telefone fixo: um aparelho sem fio velho que já estava no apartamento quando aluguei.

— Quem? — Penso em Ágata, a gata do prédio que se perdeu algumas semanas atrás. Mas Axel falou no plural. Além disso, não tenho certeza se lhe falei sobre Ágata.

— O casal da frente — responde.

Sonhei com Ágata.

— Ah, espere, vou olhar. — Saio na varanda e olho: continua tudo igual. — Eles não voltaram.

— Ok. E o que você está fazendo?

— Estou me animando, tenho que trabalhar.

— Em quê?

Também não lhe disse que me candidatei a uma bolsa de estudos que, se eu enviar a tempo, é muito provável que seja concedida. Por quê? Porque sou barata e vistosa: sozinha, jovem, latina. E, sobretudo, porque conheço a organizadora; ela mesma me convocou: "*It's perfect for you*". Se eu conseguir a bolsa, o plano é me mudar para a Holanda por um ano, o que, nos meus planos, poderia ser estendido para três, ou sete, ou dez. Axel não sabe nada disso.

— Algo novo — respondo. — Ainda não tenho certeza.

Café da manhã na varanda. Primeiro tenho de secar a mesa de plástico e abrir o guarda-sol, que está encharcado e me molha toda. Entro para me trocar, pego um cobertor caso esfrie e vou buscar o notebook. Quando saio, encontro Ágata e me lanço sobre ela. Talvez não fosse um sonho, talvez ela estivesse miando na minha janela a noite toda. No prédio, eles a dão como morta e me culpam, mesmo que ninguém tenha me dito isso diretamente. Ou sim, León, o garoto do andar de baixo de quem eu às vezes tomo conta porque sua mãe, que é enfermeira, muitas vezes se atrasa no hospital e a babá vai para a escola noturna. "Minha mãe diz que você comeu a gata", León me disse numa manhã alguns dias atrás. Estávamos os dois na porta do prédio (ele esperando seu ônibus escolar e eu um Cabify). Sorri para ele e guardei a resposta para sua mãe por pura pena da criança. "Ninguém se atrasa tanto num turno a não ser que durma com o médico de plantão", foi o que a babá do León me disse numa daquelas noites em que teve de entregar o garoto a mim com seu pijama de alce, mas sem nenhuma intenção de dormir.

Ágata circulava em todos os apartamentos, mas tinha uma preferência óbvia pela minha varanda. Quando se discutiu na reunião do prédio se a gata deveria ser adotada por alguém ou se deveríamos deixá-la vagar livremente (considerando-a um animal de estimação da propriedade), todos os olhos caíram sobre mim, sobrecarregando-me com o peso da decisão. O mais lógico era pensar que só uma pessoa podia perfeitamente cuidar de um gato, disse Carla, a mulher que presidia as reuniões. Afinal, um gato era um animal independente que não precisava de nada além de água, comida e um trapo velho para dormir. O mesmo que um vagabundo, pensei, e mesmo assim ninguém lhe pediria para cuidar de um.

— Ágata, onde você estava?

Eu a levanto e a abraço. A gata se deixa acariciar, mas me olha com seriedade: como se estivesse me trazendo alguma notícia que não se atreve a me dar.

— Qual é o problema, Ágata? Diga-me, por favor.

Ela perde o interesse e foge. Caminha até o canto onde está seu trapo de dormir, mas o encontra molhado e sujo. Continua andando e entra em casa, embora eu a tenha proibido de fazê-lo. Escala o Chesterfield com total impunidade. Vou até a cozinha e encho suas tigelas de comida e água e as ponho na varanda, esperando que ela me siga, mas a gata permanece no sofá, acompanhando meus movimentos com os olhos arregalados. Antes de me sentar à mesa para trabalhar, dou uma última olhada nela e sinto algo novo, uma espécie de alívio, uma carícia inesperada. Depois, passo os olhos pela varanda: procuro folhas para varrer, poças novas para secar. Uma desculpa que me permite atrasar a escrita. A varanda está limpa e parece aconchegante, assim como a primeira vez que a vi e pensei em como aquele espaço era altivo — no melhor sentido — para mim: a varanda ocupa metade da área do apartamento. Quem pode se permitir isso? Uma das metades, a do interior, é dividida em três cômodos que parecem caixas de escritório: o quarto com banheiro; a sala de estar-jantar e a cozinha com uma pequena lavanderia que utilizo como depósito. A outra metade é só isto: o vazio. Quando me mudei, fiquei tentada a colocar plantas, mas me contive a tempo. Os caules secos teriam invadido a casa porque eu não teria me dignado a retirá-los dos seus vasos. Adoro jardins alheios, orquídeas, flor-de-laranjeira e samambaias frondosas; adoro o verde brilhante das folhas novas. Há tardes em que me maravilho olhando os canteiros da varanda do casal e do bebê, tão frescos, coloridos e indisciplinados. Às vezes, espero a escuridão apenas para ver as formas vagas das plantas contra a parede. Elas parecem relaxadas, agitadas e livres da imposição decorativa. Mas sou muito pouco atraída pela ideia de cuidar de um jardim meu, pois sinto que nas minhas mãos qualquer broto perderia sua vitalidade tão rápido quanto eu perderia meu entusiasmo.

Escrevi três parágrafos e sei que são inúteis. Quando começo estou tonta, quer dizer, dispersa. Não tanto que não tenha notado, mas o suficiente para não poder remediá-lo. Ágata sai para a varanda e se deita de barriga para cima sob um jorro de sol. Vejo que está mais gorda e me pergunto onde ela esteve, o que comeu, se alguma mão gentil a acariciou todas essas noites.

A primeira vez que Ágata apareceu na varanda, ela me trouxe como oferenda uma meia roubada do varal de algum vizinho. Usei essa mesma meia depois para fazer uma bola, que ainda anda por aí, toda hirsuta e suja. Depois começou a trazer lenços, camisetas, uma sandália de criança, um pão com manteiga.

Levanto-me da mesa e aproximo dela a tigela de comida, mas a gata insiste em ignorá-la.

Ponho os cotovelos no parapeito. O esqueleto do edifício em construção me parece uma bela paisagem. Espero que nunca terminem. Ágata se aproxima das minhas pernas e se esfrega nelas enquanto ronrona. Olho para ela e penso que estamos diante de uma daquelas raras coincidências de bem-estar: Ágata está contente e eu estou calma, o que é quase a mesma coisa. Nós nos bastamos. Nenhuma das duas parece querer estar em outro lugar. Mas o zumbido do interfone a alerta e ela escapa para dentro. Da varanda, posso ver que é Máximo e não tenho vontade de atendê-lo, por isso recuo antes que ele me descubra. Volto ao computador, releio dois parágrafos. O interfone toca de novo, eu não respondo. Tento continuar lendo, mas o zumbido me distraiu, me esfriou, me afastou. Quando isso acontece, é difícil para mim retomar, lembrar que o que estou fazendo é importante para mim e tem uma razão de ser. Porque a verdade é que é importante, mas não tem uma razão de ser. A questão é que, se eu me esforçar e me concentrar, posso inventar uma razão convincente.

Maldito Máximo.

Vou para a cozinha preparar um mate.

Encho a chaleira elétrica com água, acendo o fogo, procuro a erva e o açúcar, perco tempo. Respiro fundo, me inflo de determinação:

— Tenho que escrever — digo a Ágata, que me segue.

O postulado é composto de duas partes; a primeira, suponho, é a que mais importa. Trata-se de explicar em que consiste meu projeto, o que pretendo escrever durante o período da residência. Mas ainda não tenho certeza, então vou começar pela segunda, que, em tese, é mais simples: tenho que escrever uma composição sobre meus sentimentos em relação à escrita. Terrível. Ou brilhante. Segundo quem? E, embora escrever seja algo que faço todos os dias há anos, sinto novamente que o que chamo de "meu trabalho" é apenas mais uma estratégia de evasão. No mapa universal de ofícios, escrever equivale ao esforço que um carrapato faz para se alimentar e sobreviver entre predadores. Subo num galho, espero a manada por muito tempo, calculo a distância menos arriscada para cair sobre um vulto macio e pego uma pequena porção do seu sangue, que me permite ter essa vida restrita, mas suficiente.

Meu trabalho é pequeno. E um pouco rasteiro, também.

Às vezes, a consciência dessa pequenez pode ser confundida com ressentimento. Quando alguém mais ou menos próximo de mim pergunta sobre minha real expectativa em relação à escrita, minha explicação é tão abstrata que parece uma reclamação ou uma resposta resignada. Certa noite, León estava descansando no Chesterfield, enquanto eu, encolhida num canto, tentava fechar um texto que havia tomado minha cabeça. Quando ele estava quase vencido pelo sono, me perguntou: "O que você faz?" e, embora eu já tivesse explicado a ele de maneiras diferentes, naquela noite e em outras noites, repeti: "Eu escrevo". E ele, na mais genuína perplexidade: "Mas te pagam?".

Eu gostaria de ter dito ao León que esse não era o ponto. Que eu me preocupava com meu trabalho porque acreditava que circulava mais verdade nos ofícios residuais do que nos centrais e importantes. Havia ofícios que te faziam pensar que você tinha o poder de provocar mudanças em grande escala. Um engenheiro devia se sentir um pouco assim: magnânimo. Nos pequenos ofícios, por outro lado, havia um esforço de síntese que se traduzia em essência. A essência não era magnânima, era forçosamente concentrada. Ou você a via ou a perdia, não podia fazer o mesmo com uma ponte. Eu não precisava me convencer de que o parafuso que eu lubrificava todos os dias era importante para a grande engrenagem que energizava o universo, eu sabia muito bem que, se eu não lubrificasse aquele parafuso, ninguém sentiria sua falta. Sim, claro que eu nutria ressentimento, como a maioria da humanidade. Em cada uma das minhas frases se escondiam guerreiros furiosos que queriam disparar flechas no voleio. Mas eu os continha, mantinha sua fúria a distância.

"Às vezes", respondi a León naquela noite. Ele já havia adormecido.

Primeiro ouço a campainha e depois as batidas na porta. Uma atrás da outra: violentas, ruidosas.

Levanto-me da mesa na varanda e entro no apartamento, atordoada.

— Quem é? — digo, enquanto espio pelo olho mágico e não consigo ver nada porque algo o está bloqueando.

— É o Máximo.

Abro a porta e algo vem na minha direção, um bloco gigante que tenho de frear com meu corpo.

— Todos os vizinhos estão reclamando porque isso atrapalha a passagem, não dá para circular — diz Máximo.

— O quê?

Meus únicos vizinhos são o casal ao lado. O "todos" é pura provocação.

— Faz quase dois dias desde que isso chegou e ainda está aqui.

O peso da caixa está levando a melhor.

— Você pode me ajudar, Máximo, por favor? Pesa muito.

Máximo bufa. Desliza para o lado, entre a caixa e a parede, e a agarra com os braços estendidos. Pede permissão, mas ainda me empurra com seu corpo, que é volumoso como uma escavadeira, e entra arrastando a caixa o melhor que pode até deixá-la cair no sofá, encostada.

— O que é isto? — digo.

Máximo bufa de novo. Tira um lenço do bolso da calça e enxuga o rosto suado. Sai murmurando coisas e fecha a porta com um golpe.

Ágata sobe em cima da caixa, fareja-a e lambe-a.

— Ágata! — eu grito com ela. — Saia daí!

Mas a gata não foge, e sim me encara com um olhar diferente do que fazia um tempo atrás na varanda. Sento-me no chão, diante dela.

— Qual é o problema, Ágata?

Nos seus olhos enormes encontro um poço escuro e movediço que me mostra meu reflexo. Fecho os olhos e volto a abri-los e parece que vejo, no mesmo reflexo, o rosto de outra pessoa. Eu os fecho e os abro mais uma vez, apenas para comprovar que o poço nos olhos da gata nunca fica parado. É por isso que me torna diferente cada vez que espio.

Eu chamo Axel, porque Máximo me ignora.

— Não tenho nada do que você está me pedindo — ele diz.

— Nem um martelo?

— Um martelo pode ser.

Para abrir a caixa, preciso de ferramentas. O ideal é uma chave de fenda estriada para tirar os parafusos e desmontá-la: procurei na internet. Antes tentei abri-la com a faca mais afiada da minha cozinha, e, quando a encaixei sob a tábua que funciona como uma tampa e pressionei para cima, a ponta quebrou.

— Você pode vir?

— Me dê um tempo, linda, estou na casa dos meus velhos.

É domingo. Pessoas normais se reúnem em família para comer e ficar deprimidas.

Uma vez vi os pais de Axel, cruzamos com eles no supermercado perto da casa dele. Moram no mesmo bairro, acho que Axel se sente responsável por eles porque sua única irmã se mudou para a Austrália ou Nova Zelândia (nunca me lembro). São altos, ele um pouco mais do que ela. Parecem atores genéricos, bem alinhados, mas é só isso. Naquele dia, nada na sua aparência me pareceu muito chamativo, exceto sua compostura, sua elegância plana de suéteres cáqui (ele) e lilás (ela). O encontro foi constrangedor porque a mãe não parava de sorrir. O riso fácil me deixa nervosa, é confuso e deforma as pessoas. O pai me pareceu mais normal, ou seja, mais contido nos seus gestos. Axel estava tão nervoso que mal falava. Passava constantemente a mão pelos cabelos e olhava para as prateleiras, procurando algum produto inexistente. O carrinho dos seus pais estava transbordando de comida; havia, sobretudo, muitos adereços que me pareciam ousados para a idade deles. A mãe segurava na mão um conjunto de copos plásticos que diziam "tim-tim". Eis uma classificação possível, pensei: a mãe de Axel pertence àquele grupo de pessoas que compram objetos que falam. Cumbucas com a legenda "salad", cumbucas menores com a legenda "snacks". Quando estávamos prestes a seguir nosso caminho e eles o deles, a mãe veio dar um beijo em Axel e ele a evitou sem querer, porque não a viu chegando. Senti pena e constrangimento, ela abraçou seus copos e foi embora. Pela primeira vez pensei no Axel criança. Quando vejo os pais de alguém próximo a mim, imagino o menino ou a menina que eles foram, trago-os para o palco e coloco-os ao lado da sua versão mais velha. Algo nessa foto me aflige. Os pais são o olho mágico em que se cola o olho para espiar a infância.

Volto a olhar para a caixa: ela ocupa todo o sofá, ou seja, toda a sala. Anulou o único ambiente útil da casa. A legenda vermelha de "Frágil" se lê por todos os lados.

Às seis horas ligo de novo para Axel, mas ele não atende.

Eu o imagino assistindo tevê com os pais, afundado em algum sofá macio demais, sufocado pelo termostato daquela casa, do qual, segundo Axel me disse, os pais não conseguem regular a temperatura média. É sempre muito quente ou muito frio, o que os obriga a estar constantemente atentos à questão da temperatura e os impede de relaxar. É mais fácil esquecer o calor, diz Axel, porque você não percebe: começa dando batidinhas suaves que te atordoam, mas não te derrubam. Não tão rápido. O frio é mais violento. O frio se crava na sua carne até se chocar com o osso.

Eu ligo para ele de novo. Nada.

Prefiro o frio exatamente pelos mesmos motivos de Axel. Sua violência, sua expedição, em contraposição ao calor traiçoeiro. O frio não engana, não especula, não vai te conquistando. Cresci acalorada, sufocando aos poucos. Muitas vezes, quando pergunto à minha irmã: "Como vai?", ela responde: "Ensopada". Parece-me uma imagem perfeita para descrever o estado dos corpos naquele clima.

Depois de olhar para a caixa por um tempo, tentando decifrar um mecanismo secreto para abri-la, desisto. Quero voltar para a varanda, vou procurar um moletom no quarto. Escolho o preto que tem escrito "Rabid Fox" no peito. Ficou abandonado por meses no cabide do banheiro. Eu estava prestes a dá-lo para alguém na rua, mas um dia ele foi junto no saco que levei para a lavanderia e voltou dobrado e cheirando a amaciante. É grande para mim, mas gosto muito dele. Era de um cara com quem eu saía antes de Axel: um dos dois caras com quem eu saía antes de Axel. Eles não sabiam um do outro, e eu, que nunca tinha saído com dois caras ao mesmo tempo, me sentia transgressora, voraz, culpada, cheia de adrenalina. Uma pechincha, pensava: por tão pouco, acontece muito comigo. Mas então conheci Axel e foi muito fácil deixá-los porque nenhum deles se mostrou particularmente angustiado. Embora minha primeira reação à facilidade com que desfiz o vínculo tenha sido ficar silenciosamente ofendida, pensei melhor nisso mais tarde e disse a mim mesma que deve ter sido a relação mais civilizada que já tive. Apreciei a indiferença afetuosa com que A e B se despediram de mim: A com um longo abraço; B com um beijo e o agasalho que estou usando agora. O detalhe do agasalho é importante: me ajuda a mostrar que tenho um segredo comigo mesma. Sempre acho que a lembrança dessa dupla relação vai envelhecer bem. Mas um dia serei tentada a engrandecê-la, e alguma voz severa na minha cabeça terá de me alertar: eles não foram grande coisa, simplesmente não te machucaram. Não fazer mal não é um mérito, muito pelo contrário. Para machucar, por outro lado, é preciso crueldade, ou seja, interesse genuíno. É fácil não machucar, em geral basta se abster.

Cuidar é um mérito, abrir mão de algo valioso e não esperar que ele volte.

E amar, dizem, é mais ou menos a mesma coisa.

Axel me ama?

Dizem também que o amor envelhece em forma de gratidão. Por isso, serei grata a quem me fez amar, mesmo que não me amasse. Se assim for, quer Axel me ame ou não, digo a mim mesma — estou mentindo para mim, estou me prevenindo, me consolando? —, é completamente acessório.

Saio na varanda, quero me concentrar no pedido de bolsa.

Eu não conseguiria reproduzir o raciocínio do amor num texto — escrever as palavras "ama", "amor", "amar", "amado" — sem empapar meus dedos de melado. Se eu quisesse falar de amor, substituiria essa palavra por outra. Por qual? Atordoamento, ocorre-me agora. Fico tonta. Às vezes isso acontece comigo com palavras. Como ser carpinteiro e ter alergia à serragem. Tenho palavras proibidas, cada vez são mais, e tenho dificuldade em encontrar novas para substituí-las. Conheço poucas palavras. E eu não saio por aí com uma lupa vasculhando dicionários. Pior ainda: ando esperançosa, convencida de que as palavras que procuro vão vir e me atropelar.

Suspiro. Lá fora cheira a jasmim. Devem ser os últimos. Ou os primeiros.

Não sobra muito da tarde. Dias curtos, noites longas, começa tudo outra vez. A natureza não avança, repete-se, dança em círculos, fica em espera.

Bocejo porque estou com fome.

Uma lua redonda e prematura aparece.

4

Às oito e meia, levanto-me da mesa para esticar as pernas e me aproximar da varanda. Duas mulheres de jaquetas esportivas — rosa-fluorescente e laranja-fluorescente — caminham pela rua ao ritmo de uma marcha atlética. Deixam um rastro em ziguezague que as faz parecer vaga-lumes. Bichinhos de luz, eles os chamam aqui. Então vejo um menino parado na calçada, olhando para a tela iluminada do seu telefone, enquanto seu cachorro fareja os pés dele. Não é uma rua movimentada, mas sempre tem alguma coisa acontecendo. Olho para dentro da sala: está escuro porque, lembro-me, a luminária de chão quebrou. E a gata? Foi embora de novo? A caixa ainda está abandonada no sofá. Amanhã terei de encontrar alguma maneira de abri-la ou de me livrar dela. Talvez eu chame a Igreja e a doe assim, fechada como está. Nada do que essa encomenda pode conter me faz falta.

Sinto a boca seca por comer nachos e azeitonas.

Fiz alguns progressos na minha candidatura à bolsa. Poucos.

Entro para procurar algo para beber. Passo pela porta e tateio a parede, procurando o interruptor, e, quando o encontro, a lâmpada no teto que nunca uso acende; é muito potente e ofuscante.

Então a vejo.

Apago a luz. É um reflexo.

Nas paredes tremem as sombras que vêm de fora.

Acendo a luz. Lá está ela: sentada no meio do sofá, com os cabelos puxados para trás num coque tenso que estica suas têmporas e revela seu rosto moreno — cílios duros de rímel, blush de tom vivo, lábios cor de terra. Vejo-a emoldurada num fundo limpo, como desenhada numa tela. Ela usa um vestido sem mangas e abraça a si mesma, esfregando os braços.

— Estou com frio — diz.

Os seis painéis da caixa estão desmontados, empilhados uns sobre os outros.

— Estou com frio — repete.

Então corro até meu quarto e trago um xale, que ela põe sobre os ombros e depois me encara com aquele olhar perturbado, do qual eu achava que tinha me livrado anos atrás.

— Não entendo — digo por fim, diante da sua expressão imutável.

— Não se preocupe. — Ela balança a cabeça com um misto de tristeza e indignação. — Se você pedir um táxi para mim, eu volto agora mesmo.

No meio da minha perplexidade, acho engraçado que ela diga isso.

Minha mãe sempre foi, antes de tudo, uma mulher dependente. Precisava de assistência para tudo e, mesmo que fosse assistida, a vida prática lhe exigia um esforço desmedido.

— Não quero incomodar. — Ela continua esfregando os braços por cima do xale.

Saio na varanda para pegar meu laptop. Encontro Ágata sobre o teclado quente. Sento-me à mesa porque estou tonta. Quero água. Acaricio a gata e percebo que meus dedos estão tremendo. Olho para o prédio oco. Imagino que naqueles quadradinhos comecem a aparecer códigos que preciso decifrar.

Retiro a gata do meu laptop e a ponho no chão. Ela se afasta em direção à divisória da varanda vizinha, onde o casal mora. Salta para o outro lado e se perde novamente. Antes de entrar no apartamento, me convenço de que está vazio. É uma falha, penso, uma daquelas pequenas fissuras na realidade pelas quais se infiltra aquilo que depois, por não termos mais vocabulário, acabamos dando o nome de "delírio".

Abro a porta de correr, não há ninguém lá dentro. Nem a caixa. Respiro fundo com uma sensação de alívio tão grande que me dá vontade de rir, mas não rio. Sinto-me drogada. Não confio na minha própria percepção. Ouço um jato de água caindo na pia da cozinha. Está lavando a louça? Que louça? Não há nada sujo. Minha mãe lavava muito mal a louça: no balcão havia sempre uma pátina grossa, camadas geológicas de sebo.

Olho pela porta da cozinha: na minha bancada escorrem utensílios que não reconheço. O ar concentrado no pequeno cômodo parece espesso e cheira a sopa, ensopado de carne, coentro e alho. Não tem nada cozinhando no fogão, não há nenhum desses produtos na geladeira. A presença dela me faz evocar esses aromas. Sem ousar cruzar o batente, pergunto-lhe:

— Você está com fome?

Ela balança a cabeça.

— Você está com sono?

— Um pouco.

— Vou arrumar minha cama para você.

— Não precisa.

— Vou dormir no sofá.

— Por favor, não.

— De qualquer modo, tenho que trabalhar.

— Posso dormir em qualquer canto.

— Tudo bem.

— Não estou nem com sono.

Vou até o quarto. Abro a cama, tiro os lençóis velhos e coloco novos; retiro o que está no caminho ao meu redor: livros na mesa de cabeceira, fivelas de cabelo, um caderno, uma caneta, camisinhas, creme de arnica para pés cansados, chinelos. Enfio tudo num saco de pano, amarro pelas alças e o guardo no alto do armário. Eu me movimento rápido, mas com precisão, como se estivesse recompondo a cena de um crime. Depois vou ao banheiro, pego uma toalha limpa e penduro no cabide. Na lateral do chuveiro coloco xampu, sabonete, touca de banho.

Minha mãe insiste em fazer arepas para o jantar. Põe queijo e manteiga sobre elas e no fim adiciona algumas folhas de hortelã picadas. Tomamos cerveja, duas cada uma, e nenhuma de nós fala, não perguntamos nada. Acho que por um tempo posso tolerar isso. Então ela concorda em se deitar na minha cama. Não é preciso muito para convencê-la: seu orgulho é uma casca frágil. Enquanto ela se acomoda no quarto, vou buscar um livro na estante que fica na sala. Para mim é difícil escolher, porque não me lembro do que ela gosta. Pego *Uma mulher perdida*, mas temo que o título por si só a predisponha. Deixo-o no seu lugar. Sinto muito porque é um livro lindo. Quando volto, ela está ajoelhada ao lado da cama murmurando uma prece. Deixo-a terminar, depois falo com ela:

— Você precisa de alguma coisa?

— Gatos trazem doenças, nena — sussurra.

— Quê?

— Eu vi que você tem um gato.

A voz dela treme, está nervosa. Quase consigo ouvir o bando de pássaros no seu peito. Sua testa brilha de transpiração. Quando eu ainda morava com ela e ficávamos sozinhas num quarto, minha mãe tinha dificuldade em falar comigo. Ela me olhava esquisito e não falava nada. Eu não me sentia responsável por ter de gerar nenhuma conversa: eu era a filha, era uma menina. Então a gente ficava ali quieta, esticando o silêncio até eu ficar entediada ou adormecer, e ela aproveitava para ir embora.

— É uma gata — respondo —, e não é minha, é do prédio.

Saio do quarto. Passo pela cozinha e abro a janela para deixar o ar circular. Entro na lavanderia para fazer o mesmo e encontro a caixa desmontada: suas partes apoiadas desajeitadamente nas paredes. Bufo. Um transtorno, tudo é um transtorno.

Saio do apartamento e do prédio, ando seis quarteirões até o parque do bairro. Frondoso e agreste e cheio de *crotos* — é assim que eles chamam aqui os vagabundos —, especialmente à noite. Sento-me num banco e me pergunto a quem contar tudo isso. A Marah? Não nos vemos há algum tempo. Não posso ligar e jogar algo assim de repente. Nosso último encontro foi ríspido. Tínhamos combinado de nos encontrar num barzinho no centro da cidade, perto do trabalho dela, mas cheguei tarde e discutimos. Saímos dos trilhos, nem lembro por quê. Provavelmente por causa da atitude de merda que ela demonstra toda vez que começo a sair com alguém. Marah é possessiva e ciumenta. "Assuma de uma vez por todas que você é lésbica", eu disse. Para ela, pareceu um comentário próprio de uma cabeça deformada, infestada de categorias: "Você é uma sujeita limitada e binária". Estávamos atrasadas para pegar o metrô e compartilhamos um táxi que nos deixou neste mesmo parque, mas do outro lado. Tivemos de atravessá-lo correndo, com medo de sermos assaltadas. Íamos tão rápido que eu não podia ver nada além dos lampejos da paisagem flutuando na escuridão. Marah gritava e eu ria. A essa altura, o álcool se transformara numa excitação infantil e desequilibrada. Depois ela me confessou que havia colocado ácido na água que bebemos no táxi. Eu tinha tomado quase tudo. Foi terrível. Depois daquela noite, de vez em quando meu nariz sangra.

Um velho caminha na minha direção. Está sujo e esfarrapado. Levanto-me para ir embora e o velho grita: "Um cigarro, me dá um cigarro!". Corro, saio do parque e dou a volta no prédio. A lua está perdendo seus contornos, mas no centro permanece branca e brilhante. Entro no prédio, cruzo com meus vizinhos: o casal. Pegamos o elevador juntos. Cumprimentamo-nos com um aceno de cabeça. Esse gesto antiquado, protocolar, confirma nossa absoluta falta de afinidade. Os dois me parecem pretensiosos e individualistas. Nem quero pensar em como eu me pareço para eles.

— Vocês viram a gata? — pergunto-lhes.

— Não — diz ela. — Voltou?

— Sim, estava na minha varanda, mas depois foi para a de vocês.

Eles se olham, como se perguntassem um ao outro se viram o animal.

— Não a vimos — diz ela com expressão preocupada.

— Talvez ela tenha saído de novo — respondo —, logo ela volta.

Saímos do elevador, nos despedimos. Enfio a chave na fechadura da porta.

— Aquela coisa que você estava cozinhando agora há pouco estava com um cheiro muito bom — ouço ele dizer.

Olho para eles e faço que sim com a cabeça. Entro. Volto a rezar para que não haja ninguém, que o universo tenha se autocorrigido durante minha caminhada. Minha mãe está na cama, assim como eu a deixei, mas coberta até o pescoço com meu cobertor branco.

Onde está sua bagagem?

Sua respiração intoxicou o quarto com aquele cheiro familiar de flores velhas. O hálito da minha mãe é o da passiflora, uma água homeopática para os nervos. Ela a tomava aos borbotões, sem outra prescrição que não fosse o desejo de perder a consciência. "Pior seria se fosse aguardente", dizia minha irmã, mas nós duas achávamos que ela tinha muito medo de beber seriamente.

Quanto tempo ela planeja ficar?

Seu rosto adormecido não revela nenhum tormento. Acho que esse manto pacífico só pode ser visto no sonho, porque o sonho não nos pertence. Há algo mais que o controla. Algo externo e estranho. Uma força *invisível, inacessível, incompreensível, imensa*. Aí está a falha, novamente. A sucessão de palavras quase siamesas que saem da minha boca como cuspidas.

Ela trouxe dinheiro?

Fecho a porta. Deito-me no sofá olhando lá para fora e vejo Ágata aparecer na varanda. Dá alguns passos rápidos até ficar muito perto da porta de correr. Tem algo na boca, não sei dizer o que é, até que ela o deixa no chão e limpa o focinho com a língua: um rato mediano no qual ela cravou os dentes e o sangue jorra da barriga dele.

5

Sou acordada pelo som do chuveiro. É segunda-feira, e às segundas-feiras tenho de ir a uma agência de publicidade para a qual faço alguns trabalhos. Quase sempre sou incumbida de escrever sobre alimentos: desde a informação nutricional até a história do produto, que muitas vezes é a cristalização de um mito pomposo engendrado pelos clientes. Não posso ir à agência todos os dias porque tenho um contrato questionável e eles têm medo de que, no futuro, quando me sentir motivada ou desesperada, eu os processe. Então vou a reuniões, recebo trabalhos e sou despachada com tapinhas nas costas, palavras de incentivo, alguns elogios que quase sempre beiram o inadequado e uma sacola com amostras grátis de coisas das quais não preciso. É por isso que a gaveta do banheiro está cheia de produtos para acne, diluentes de tintura, maquiagem orgânica e Xanax. Gosto de ir porque me faz sair de casa, tirar o pijama, tomar banho e almoçar num restaurante, comida servida num prato e não na varanda, direto do tupperware.

Levanto-me do sofá e abro a persiana. Está nublado, vai ser um dia frio.

O rato ainda está do lado de fora, com o sangue seco e os olhos bem abertos, como se assustados. Quero tirá-lo antes que minha mãe veja, então vou até a cozinha pegar um saco e fico surpresa ao ver no fogão, em fogo baixo, uma panela pequena e fumegante de café coado. O cheiro me leva de volta à casa da minha avó; o café era preparado muito cedo numa panelinha enegrecida e era deixado em fogo baixo para que não esfriasse. O mesmo acontecia com a frigideira onde se tostava o pão, e, quando íamos comê-lo, tínhamos de retirar a parte queimada com uma faca.

Minha irmã e eu costumávamos dizer que o câncer de Vicky tinha sido gerado ali: na ingestão diária daquela crosta negra, que nunca desaparecia por completo. Pobrezinha. Na sua fase final, Vicky parecia uma árvore seca. Seus braços e pernas eram galhos raquíticos. As veias eram linhas azuis, sinuosas e planas. Não havia mais nada dentro dela, era um osso sem medula. Aprendi tudo isso graças à minha irmã, que, alheia a qualquer conceito de dignidade que um cadáver pudesse merecer, tirou fotos dela e as enviou para mim. Fiquei chocada por não poder reconhecê-la: suas feições haviam se afundado em dor física. Tudo no seu rosto revelava sofrimento. Ela estava nua, seus pelos pubianos se projetavam como uma montanha espessa e negra que contrastava com a palidez da sua pele. Por que ninguém a depilou?, queria perguntar à minha irmã, mas não me atrevi. Ela também não teria me ouvido. Nunca me disse diretamente, mas eu tinha certeza do que ela pensava: cuidar de Vicky e vê-la morrer era outra prova de que ela era uma pessoa muito melhor do que eu. Ela estava disposta a deixar que o sofrimento de outra pessoa lhe causasse inconvenientes. Algumas vezes Ágata vomitou enormes bolas de pelo. Nas duas vezes, pensei em Vicky morta com aquele arbusto decorando o centro do seu corpo.

Ouço minha mãe abrir a porta de correr e me apresso para pegar um saco de lixo. Quando eu volto, o rato já não existe, e ela varre a varanda com um vestido largo de algodão que revela sua silhueta abaulada. Seu cabelo está molhado.

— Você não está com frio? — Me assomo e sinto um golpe repentino de calor.

— Você já tomou café da manhã? — ela me pergunta enquanto recolhe um montinho de poeira na pazinha e a joga pela varanda.

— Não, não — eu digo —, os vizinhos vão reclamar.

Ela sacode as mãos nos quadris e entra na cozinha com uma atitude resoluta da qual eu não me lembrava.

— Vá tomar um banho e eu vou te fazer uns ovos.

— Não tem ovo — murmuro.

O calor me sufoca. No banheiro eu tiro a roupa, entro no chuveiro e vejo uma calcinha gigante pendurada na torneira. Pingando. Eu a tiro, torço, coloco na bancada da pia para depois pendurá-la no varal, na varanda. Sempre levo minhas roupas para a lavanderia. Tenho um pequeno varal guardado no closet que costumava levar para a varanda para pendurar minha roupa íntima; mas, desde que Ágata se instalou aqui, minha roupa íntima desaparece. Então criei o hábito de secá-la nos radiadores, o que dá ao apartamento um aspecto cigano que me envergonha, mesmo com minha mãe. Decido voltar a usar o varal enquanto ela estiver aqui.

Fico sob o jato quente de água por um tempo.

Ouço a campainha, rezo para que minha mãe não a abra. Deve ser Máximo, que vem perguntar se eu consegui abrir a caixa. Ele vai me obrigar a dar explicações que eu não tenho nem estou com vontade de inventar. Toca de novo. Desligo o chuveiro, me seco e entro na sala enrolada na toalha.

— Mami?

Não a escuto. Me aproximo do olho mágico da porta: é o vizinho. Sua mulher se chama Erika, não lembro o nome dele.

— Sim?

Vejo-o chegar à porta para falar, como se fosse um microfone. Suas sobrancelhas são penugens fofas, sua pele é do tipo que fica avermelhada apenas com o contato visual. Loiro nervoso, propenso à urticária. Na Argentina deve existir um fenótipo com essa descrição.

— Olá, acho que a gata apareceu.

— Ah, sim, que ótimo.

— Na verdade, eu ainda não a vi.

— Ah, não?

O diálogo pela porta é peculiar.

— Você pode abrir um minuto?

— Me desculpe, estou enrolada na toalha, tenho que ir trabalhar.

Ele se afasta da porta e eu posso ver seu rosto vermelho mortificado, sua camisa azul e seus cabelos esparsos. A luz no corredor não conhece a indulgência. Ele está olhando para um saco na mão com uma expressão de nojo.

— Olha — diz ele —, algo apareceu na minha varanda e minha esposa diz que você que atirou. É uma coisa muito desagradável e...

Abro a porta. O vizinho instintivamente se inclina para trás e pede desculpas. Espio o saco balançando na sua mão e um arrepio percorre meu corpo. Sacudo a cabeça.

— Não pode ser. — Arrumo melhor a toalha, o corredor está gelado e ele está mudo. Tenta olhar para o outro lado, mas não tira os olhos de mim, porque para um homem (quase qualquer homem) uma vizinha de toalha (quase qualquer vizinha) deve fazer parte das suas fantasias habituais.

— Está tudo bem? — Erika abre a porta do seu apartamento. É óbvio que ela estava espionando toda a conversa pelo olho mágico.

— Eu não joguei isso na sua varanda — digo a ela, e o marido começa a se desmanchar em desculpas e a andar para trás com passinhos curtos e rápidos, um gesto arisco que me faz pensar num sagui. Erika fica me olhando, até que ele chega à porta, dá meia-volta e foge. Já estou fechando a porta quando ela solta:
— Eu te vi.

— E então? — Meu chefe bebe mate. Ele parece relaxado demais. Talvez tenha fumado alguma coisa. Ou fez sexo naquela manhã. Uma vez ele me disse: "Tente fazer sexo às segundas-feiras, assim você vem mais relaxada".

Seu nome está escrito numa plaquinha no bolso da camisa — "Eloy", meu chefe se chama Eloy —, embora não seja propriamente uma plaquinha, e sim uma fita de papel escrita com canetinha que todos colam no peito toda vez que há uma reunião com clientes: assim não perdem tempo com apresentações. Não é o caso de hoje, mas, ao vê-lo entrar na sala de reuniões, a secretária supôs que deveria trazer a fita e colá-la na sua camisa com alguns tapinhas delicados. Também supôs que deveria levar uma montanha de medialunas numa bandeja e deixá-la bem no meio da mesa. Eloy e eu estamos na sala de reuniões porque no seu escritório há um técnico instalando programas no computador. O lugar é muito grande para duas pessoas.

— Então o quê? — respondo.
— Diga-me como você está.
— Você não quer que a gente vá até a cafeteria? Aqui é como falar num estádio.
— Cafeteria? — Ele ri. — Quando você vai aprender a falar? Bar, chama-se bar. — Estende o braço e pega uma medialuna.

Repasso mentalmente: digo *cafetería*, não *bar*. Mas digo *vereda* e não *acera*. Digo *nevera*, não *heladera*. Mas digo *manteca* e não *mantequilla*. Digo *habichuela*, não *chaucha*. Mas digo *alcaucil* e não *alcachofa*. Digo *tú*, nunca *vos*.[1]

Eloy mastiga sua medialuna e aponta para a bandeja com o queixo:

— Estão boas, coma uma.

Faço que não com a cabeça:

— Já tomei café da manhã.

Ovos mexidos, pão de queijo, café com leite, suco de amora. Tenho tudo guardado no bucho, como um peru.

— Bem — ele diz enquanto mastiga —, vá em frente.

Volto os olhos para a janela. Dá para ver o rio.

Trabalho com Eloy há dois anos, pode-se dizer que temos uma relação de confiança. No entanto, sei muito pouco sobre sua vida pessoal. Para alguns na agência, Eloy tem *issues*. Quais? Um histórico secreto de maus-tratos, dizem: ninguém sabe ao certo; mas, quando fica com raiva, parece um assassino. Absurdo, sob a luz certa qualquer um parece um assassino. E "um probleminha com o álcool", dizem também. Não é que ele fique bêbado durante o horário de trabalho ou dê vexame em eventos, só que às vezes ele chega inchado. Talvez retenha fluidos, eu disse quando alguém maliciosamente me contou isso. Não, eles, seus companheiros de todos os dias, sabem melhor: falam com ele ou se afastam, dependendo do grau de inchaço no rosto pela manhã. Também o criticam por passar gel no cabelo para as apresentações com os clientes: "Alguém tem que avisá-lo que ele não é Don Draper". E assim dizem coisas pelas suas costas, abafam o riso quando ele passa, e ele finge não perceber. Parece-me óbvio que Eloy se sente diminuído. Está rodeado de jovens estetas, especialistas em provar

---

[1] Essas palavras são usadas para denominar, na Colômbia e na Argentina, respectivamente: bar, calçada, geladeira, manteiga, vagem, alcachofra e você. [N. T.]

sua superioridade, inclusive — ou acima de tudo — na frente do seu chefe. Ele mora aqui há anos, mas nasceu e cresceu no interior, numa dessas famílias ricas, convencionais e rústicas que os portenhos desprezam. Uma vez um cara do departamento de criação — magro tatuado, de aparência andrógina — me disse que Eloy não se chamava Eloy antes. E como se chamava, então? Ele se chamava Horacio, coitado, dá pra pensar num nome menos *cool*? Sua secretária atribui seus *issues* ao recente divórcio: "O coitado não sabe o que fazer com o peso dos chifres". No seu escritório há uma foto dele e de um menino em trajes de esqui. "É seu filho?", perguntei-lhe um dia. Ele assentiu: "Mas o vejo pouco". Não entendi se vê-lo pouco o tornava menos filho. Ou ele menos pai.

— O que há de errado com você hoje? — ele diz, e termina de engolir. — Você está esquisita.

Imagino que, se eu contar a ele que minha mãe está em casa, ele também vai se perguntar como, depois de tanto tempo, sabe tão pouco sobre mim. É claro que, se eu desse essa informação, não lhe contaria a versão completa, apenas diria de passagem: "Minha mãe está me visitando", ou, melhor, "Minha mãe *veio* me visitar". Ainda assim, não acho apropriado. Quando as pessoas nos dão informações pessoais num contexto de trabalho, começamos a vê-las como um recipiente que precisa ser preenchido com algo, com mais informações. Nunca é suficiente, a gente sempre quer saber mais, nos tornamos insaciáveis: sua mãe? Quantos anos ela tem? Até quando ela vai ficar? Vocês se dão bem? É melhor não dar corda. É melhor não abrir essa porta.

—Ainda estou pensando — digo —, não tenho tanta certeza do que querem que eu escreva.

Eloy não parece mais tão relaxado.

— O que não ficou claro para você?

— Eu não quis dizer isso, está tudo claro. — Estou com calor.
— Ok. — Ele apoia as palmas das mãos sobre a mesa, tentando conter a explosão. — Seu trabalho é escrever uma minúscula e simpática resenha sobre uma vaca que é feliz porque vive livre e come grama e morre pacificamente. Para quê? Para que sua carne seja ótima.

Assinto:

— Sim, entendi.

Só quero ir embora.

— Inspire-se, aproveite o processo, esse é um trabalho bacana.

Quando penso na minha vida em Buenos Aires, penso em termos de elenco: personagens principais, personagens secundários. Imagino uma pessoa que me conhece e tento identificar quais são suas complexidades, suas dobras morais. Em geral, não tenho certeza e as atribuo intuitivamente à pessoa. Aí me pergunto qual seria o depoimento dela num julgamento contra mim. O crime do qual sou acusada não está claro para mim, me pergunto se o crime realmente importa, ou se alguém seria capaz de me defender além do que eu faria.

— Ok — digo.

Em um julgamento contra mim, Eloy hesitaria.

— Joia, garotinha.

De vez em quando ele me chama de "garotinha". Suponho que seja uma combinação de paternalismo e irritação.

— ... E, se você quiser voltar ao pasto onde eles mantêm a vaca — diz ele —, para vê-la ou conversar ou o que quiser, basta ir. Você sabe o caminho.

— Certo.

— Você já começou?

— Sim.

— Ótimo.

— Ótimo.

— Certo. — Ele dá tapinhas na mesa. — Espero o texto na sexta-feira.
Sexta-feira? Assinto.
— Quanto falta?
Ele fala comigo com um tom comedido, já conheço esse tom. Tem medo de me pressionar e de que eu abandone um trabalho que ele não vai conseguir dar para outra pessoa em tão pouco tempo. Aconteceu uma vez e não me orgulho disso, mas às vezes sou invadida por um sentimento de cansaço tão forte que se torna impossível para mim escrever uma frase sobre qualquer coisa: frutas secas, um folheto de arte, o sentido da vida. Não importa. Tudo colide com minha súbita apatia e desmorona. Daquela vez, depois de não cumprir o que Eloy havia me pedido — um texto muito básico sobre farinha de milho culli —, conversamos sobre isso no meio de uma comemoração da agência. Um aniversário, talvez. Tentei lhe explicar da melhor forma possível esse defeito que parecia uma marca de nascença. Tive o cuidado de não ser autoindulgente, mas também não me rasguei por dentro para lhe entregar as entranhas, porque, por mais pedante que pareça, me sentia no direito de não ser confiável. Era bom deixar claro, mesmo que isso pudesse ser prejudicial para o meu trabalho futuro: a partir de agora, você deve ter em mente que me dar um trabalho encerra a possibilidade de eu abandoná-lo no meio do caminho. Algo assim foi a colocação. Foi o mais próximo que cheguei em relação a esse negócio de ter uma explosão de dignidade.

"Conheço poucas pessoas que possam dizer isso sobre si mesmas", disse Eloy naquele dia, segurando um copo descartável na mão contendo um vinho jovem (ou seja, azedo) que um cliente tinha enviado.

É que não fazia sentido enganar os outros sobre algo a respeito do qual eu mesma não me enganava, expliquei. Padecia do vício da introspecção, ou seja, pensava muito em mim e tirava muitas conclusões. Ou seja, eu me conhecia bem e, consequentemente, não me amava tanto a ponto de perder tempo me defendendo. "As pessoas que têm muito amor-próprio são as que não se olharam o suficiente", disse a ele. Foi uma noite de máximas.

Ele respondeu que eu nunca seria bem-sucedida, que ele tinha lido sobre isso num livro: pessoas bem-sucedidas não eram propensas à introspecção. Pessoas como eu, por outro lado, que passavam muito tempo com seus próprios pensamentos, que eram pouco conectadas com o mundo concreto, não prosperariam em nenhuma das tarefas que empreendessem, por mais insignificantes que fossem. E não só isso, o livro também dizia que eu não seria capaz de sobreviver a nenhuma praga.

Bebi vinho jovem do meu próprio copo descartável. Assenti, embora o livro me parecesse um absurdo. Imaginei — como tantas outras vezes quando uma conversa chegava a um ponto cego — que eu estava num mar quente até o pescoço, dando um sorriso empático e agradável para aqueles na praia, enquanto debaixo d'água eu chutava violentamente.

A festa estava se esvaziando e Eloy ainda continuava vomitando frases cansativas, atrasando a volta ao seu loft solitário. Eu o visualizei abrindo a porta de casa para cruzar a soleira e entrar num espaço com uma pressão atmosférica diferente da do exterior: mais esmagadora e opressiva. Eloy tiraria o casaco e os sapatos e arrastaria as meias para o bar que mandara fazer — madeira, vidro, muito LED —, do qual nos mostrara fotos numa reunião de escritório. Em seguida, iria se deixar cair no sofá e buscaria no celular algo previsível, como "tetas grandes", para depois se entediar e se entregar à janela, esperando o amanhecer. "Às vezes sinto que meus dias são idênticos", dissera-me mais cedo, com a língua engrolada. E então citou uma frase de um poema que tirou de um filme da Netflix: "O sol nasce e cai como uma puta cansada, o clima imóvel como um membro quebrado à medida que você envelhece". E aquilo lhe pareceu um preâmbulo suficiente para me beijar, mas eu me esquivei dele, e, para não cair, ele pôs as mãos nos meus ombros. Foi quando descobri que Eloy era um daqueles homens sem peso. Um mistério da física: tinha ossos, tinha carne e era de estatura mediana, mas tirá-lo de cima de mim era como empurrar um boneco de papel. Pediu desculpas. Eu disse: "Não se preocupe, não foi nada". E assim foi. Nunca mais se tocou nesse assunto. Não havia assunto.

O que aconteceu foi que, a partir daí, advertido da minha imprevisibilidade, Eloy se encarregou de me perseguir a cada tarefa como se fosse meu acompanhante terapêutico e não meu chefe. Quando falava de mim para um cliente ou colega, Eloy enunciava virtudes pela boca, mas seus olhos se inundavam de alarme: muito cuidado, a redatora é boa, mas ela é louca.

— Então — insiste Eloy —, quanto falta?

Olho pela janela:

— Pouco — respondo.

6

Está prestes a escurecer, Axel me liga. Ele diz que conseguiu um peixe incrível no bairro chinês e quer fazer um ceviche.
— Você tem gelo?
Vou para a cozinha, abro o freezer.
Eu me pergunto como posso lhe falar sobre minha mãe.
— Não tenho.
Abro a geladeira: como nunca antes, ela explode de comida.
Não posso falar da minha mãe.
— Vou comprar, então. Preciso manter essa criatura em boas condições, e não tenho certeza de que sua geladeira funciona tão bem.
Para contar a ele sobre minha mãe, eu teria de voltar ao início dos tempos: caos, escuridão, ausência de linguagem e significado.
— Ok. — Volto para o sofá com o telefone e me sento.
Como se fala sem linguagem?
Lá fora, na varanda, minha mãe passa roupa. Está usando calça preta e uma camisa floral que fica muito apertada nas costas. Amarrou um lenço em volta da cabeça, que me lembra dela quando jovem, com os cachos pretos e desgrenhados escapando pelos lados. Agora seu cabelo é alisado e tingido de uma cor entre castanho e avermelhado, como o de um esquilo.

No clima de lá, você tem que saber misturar as tinturas. O perigo é o sol, que age sobre os produtos químicos com a crueldade de um castigo: torna o loiro verde, o castanho vermelho, o preto azul.

— ... é que nunca tem nada além de água morna e manteiga derretida. — Axel continua falando da minha geladeira. Ele tem prazer em acabar com meus eletrodomésticos, diz que são caros e inúteis. E que eu tenho muitos. É verdade. Também é verdade que eu os uso pouco ou nada. Isso não me incomoda, para mim são promessas, quem não precisa de promessas?

— Sabe de uma coisa? — lhe digo. — Hoje eu não posso.

— Não pode o quê?

— Tenho que trabalhar.

Ele permanece em silêncio. Deve ser a primeira vez que interrompo um plano seu. Estamos juntos há pouco tempo, mas está claro que ele é quem define a agenda mais operacional: o que fazemos, quando, onde dormimos, o que comemos. Ele parece confiante nesse papel. Para mim é um alívio. Odeio planejar, odeio executar e odeio a consciência de que nunca vou corresponder à minha própria expectativa: todos os planos que me lembro de ter inventado para impressionar uma pessoa falharam desde o momento da concepção. Também me alivia que Axel tenha sido tão rápido em detectar minha falta de habilidade nesse sentido, porque aniquilou qualquer tentativa de simulação. Então, quando Axel cozinha, eu faço o acompanhamento: preparo uma bebida, escolho a música e o tema da conversa. Já testei em quais assuntos somos melhores e quais são menos atraentes. Até agora, com Axel, o mais eficiente é encontrar aquele lugar onde nossa desesperança está envolvida. Axel fica agoniado com expressões de otimismo, assim como a densidade e a decepção sobrecarregam outras pessoas. Algo parecido acontece comigo, mas com mais convicção porque estou sozinha. Não preciso fingir para ninguém que, no fundo, desejo que o mundo me agrade. Os minutos dados quinzenalmente à ligação com minha irmã são minha única concessão: faço-a acreditar, por mais insólito que lhe possa parecer, que esta vida silenciosa e cinzenta é meu paraíso pessoal. Que eu não espero mais nada. Há dias em que isso é verdade. Os dias com Axel, por exemplo. Me emociono com nossos rituais cotidianos. Compartilhar o caprichoso e o específico: comprei peixe, faço um ceviche, preparo uma bebida, sirvo azeitonas, você gosta dessa música? Quando o foco está nisso, não é que o mundo de repente melhore, claro que não, mas se torna mais gerenciável.

— Você está aí? — pergunto.

— Sim, então — ele hesita —, nos vemos outro dia?

Eu o imagino numa esquina do bairro chinês, com o saco de peixe gotejando muito perto dos seus sapatos e com uma pequena rachadura na autoconfiança.

— Ok.

— Se você quiser.

— Claro, quero.

— Ok.

E nesse simples ato nossa história romântica é tingida de algo denso e inexplicável. Fica mais complexa. Algo vai brotar dessa fissura, algo que ainda não conhecemos. A visão até então compartilhada de que é melhor passar tempo juntos do que sozinhos acaba de se enlamear. Como quando duas crianças deixam de acreditar numa fantasia comum — algo que era tão real para elas quanto invisível para as demais. Há uma que se dá conta primeiro e informa à outra, e é claro que isso a machuca, mas a culpa não é dela. Minha amiga Marah teria opinado que era mais simples dizer a verdade. Qual verdade? A única possível: minha casa está tomada, não há espaço para mais ninguém no momento. Foi tomada por ela, a que passa roupa na varanda, e por mim, a que a olha de dentro; e há aquele laço invisível que às vezes parece uma invenção, às vezes um abraço caloroso, às vezes uma camisa de força.

Na cidade nunca é de noite, essa deve ser a diferença central com o campo, o mar ou o deserto. Paisagens de horizonte aberto.
— Nunca apagam as luzes, não é? — minha mãe também detecta.
— É verdade.
Estamos sentadas na varanda bebendo chá de tília, banhadas pelas sombras do plátano. Chamam-se plátanos, expliquei antes a ela, mas não são como os nossos; são outros que não dão bananas nem nada, a não ser a angústia de vê-los se desfolhando sem pausa ou descanso. Jantamos uma carne desfiada com mandioca frita que eu não tenho ideia de onde veio. Quando perguntei a ela, me disse: "Eu trouxe comigo". "Ah, sim?" "Óbvio."

O calor não passa. É um outono estranho, está tão úmido que meu cabelo gruda no crânio como se eu tivesse passado óleo nele. A brisa não é suficiente para aliviar o desconforto. Minha mãe, por outro lado, parece radiante: não transpira, o que é muito estranho para alguém que a vida toda sofreu de uma espécie de hiperidrose não diagnosticada.
— Você não está com calor? — pergunto.
Faz que não com a cabeça.
Seus olhos estão fixos no esqueleto do prédio em construção. A mesma coisa me acontece algumas noites: a estrutura, com seus contornos iluminados por lanternas poderosas, parece uma obra de arte. Fico pensando se minha mãe não quer dar uma volta, percebo que ela não sai do apartamento desde que chegou, há dois dias. Esteve, no entanto, falando de atra-

ções turísticas. Onde é que dançavam tango — odeio tango —, quando podia visitar "o monumental e o galinheiro" — o futebol me dá dor de cabeça, e nunca a vi assistir a um jogo nem nada —, se eu podia tirar uns dias de folga para ir ao sul ver o desmoronamento do glaciar Perito Moreno. Expliquei-lhe que não era algo que acontecia quando se tinha vontade de ver, que não havia um botão para detoná-lo, acontecia uma vez de quatro em quatro anos, ou de dois em dois, dependendo do clima. Entre dois e quatro anos, isso eu já tinha ouvido. "E quando foi a última vez?", questionou. Eu não tinha ideia. De repente a gente tinha sorte e chegou nossa vez, disse. Fiquei irritada. Parei de responder, simulei concentração na tela do computador. Nunca viajei pela Argentina, acho que nunca me interessei, porque também nunca me ocorreu. Morar aqui é um acidente, poderia ser em qualquer outro lugar. A geografia marca o endereço postal das encomendas da minha irmã e não muito mais. O resto — boletos, correspondência, empregos — chega a mim pelo correio. Meu único superpoder, eu já dissera a Axel, é me sentir capaz de fazer o que faço em qualquer estúdio do planeta com wi-fi decente. Eu tinha me mudado muitas vezes, sem grandes transtornos. O segredo era viver com o mínimo possível, para não se acomodar. Axel me pressionou contra seu corpo. "Uau", disse ele, "de lá para cá como uma borboleta-monarca."

A questão é que minha mãe havia mencionado essas coisas, mas, quando eu lhe disse "vamos passear", ela pegou um espanador e mudou de assunto. E aqui seguimos presas, vítimas da perplexidade. Ela não era meio claustrofóbica? Era. Certa vez, parou o carro na avenida Santander, na hora do rush, e correu para o calçadão em busca de ar. Minha irmã e eu ficamos presas, fazendo enormes bolas de chiclete de cor fúcsia. Dos outros carros, gritavam coisas para a gente. Depois de algumas inspirações desesperadas, minha mãe se virou e gritou: "Desgraçados! Não estão vendo que estou sufocando?".

— Por que você veio? — eu digo.

Ela não responde. Quando se ofende, fica muda.

— Você quer dar uma volta? — insisto.

— Não vim passear.

Ela é mais rancorosa do que claustrofóbica.

— Não importa — eu digo —, vamos.

Levanto-me da cadeira, ela me segue. Lá dentro, pego o xale que lhe emprestei no primeiro dia e passo no pescoço dela. Saímos. As duas primeiras quadras são feitas em silêncio. Ela olha para tudo como se tivesse que preparar um relatório e não quisesse perder nenhum detalhe. Não sei por qual tipo de coisas minha mãe tem curiosidade. Não sei muito sobre minha mãe depois dos meus oito, nove anos: a época em que minha irmã se negou a continuar indo à casa de praia. Do resto da minha infância lembro-me pouco e difusamente. Contava com minha avó e também minha tia Victoria, sempre ocupadas com alguma coisa. Era incrível como elas viviam ocupadas, nunca se sentavam e nunca iam para a cama, exceto à noite, para dormir. Se um dia um punhal perfurasse o coração delas, as duas continuariam se movendo — pondo a mesa, pegando os pratos, limpando o quintal — até dessangrar. Também havia meus tios, que eram muitos, e pululavam pela casa da minha avó pedindo coisas: comida, jornal, café com leite, sapatos engraxados, a garrafa de rum, um pequeno rádio do qual saíam uns alaridos embrutecedores. E então havia aquela sombra da fatalidade sempre pairando sobre nós. Suponho que em algum momento apaguei minhas memórias para abrir espaço na cabeça e adicionar novas. Como quando você precisa de mais prateleiras no seu armário e joga fora roupas velhas, mesmo que estejam em bom estado. Enfim, essa senhora é minha mãe, mas não me lembro do sentimento de ser filha dela. E essa lacuna de sensibilidade é diferente daquela deixada por canções esquecidas — aquelas que surgem do nada numa tarde melancólica, inteiras e vigorosas. Não sei ao certo como é essa sensação, mas de vez em quando, para explicá-la, passa pela minha cabeça um holograma de mim mesma que me mostra um vestido que não reconheço, que não acho bonito nem feio, embora eu não o tivesse escolhido para mim. O holograma me diz: "Você amava esse vestido, pagou uma fortuna por ele, se sentiu como uma modelo toda vez que o usou". E eu, depois de analisá-lo cuidadosamente e verificar sua inocuidade, respondo: "Esse vestido?".

Chegamos ao parque, não é um bom horário para sentar-se num banco. Talvez não haja um bom horário para se sentar num banco neste parque ou em qualquer outro. Máximo diz que a cidade foi invadida por moradores de rua, com seus colchões nas calçadas. "Zombies", ele os chama, e, quando encontra um dormindo do lado de fora do prédio, joga água com desinfetante e se esconde. Às vezes, encontra famílias inteiras e também as banha.

— É meio feio por aqui — diz minha mãe, e esfrega os braços novamente. Acho que também não conheço esse tique dela.

Olho à minha volta: uma mulher obesa e uma criança pequena revirando o lixo.

— Está tudo bem — eu digo.

— É um bom bairro?

Nem me dou ao trabalho de responder. Há uma longa distância entre sua ideia de um bom bairro e a minha. A expressão "bom bairro", acho, é completamente estranha para mim.

— Como está a casa? — pergunto-lhe, mas ela ignora e fala comigo sobre flores. Que eu deveria ter plantas na varanda, que as flores são uma boa companhia.

— Não sei cuidar de nada — digo.

— Tem uma flor que se chama amor-perfeito — ela continua —, é bonita, fácil de cuidar, vistosa.

— Você ainda está naquela casa? — insisto.

— Casa — ela bufa —, aquilo não é uma casa, mas um tormento. Todos os dias acontece alguma coisa: a bomba quebra, o poço seca, as traças invadem, os mosquitos invadem, um porco se afoga sabe-se lá como, a mula quebra uma perna e tem que ser sacrificada com um tiro. E assim por diante.

— Entendi.

— Outro dia encontraram um velho morto no terreno do lado. Eu nem sabia que havia alguém no terreno do lado. Não sei o que tem em volta daquela casa, não sei o que tem lá fora, porque mal sei o que tem dentro.

— Não tem nada lá fora.

— É como se ela flutuasse.

Vi a casa suspensa numa nuvem: tão parecida com minhas lembranças.

— E ninguém me vê. As pessoas entram e saem e não me veem.

— Quem entra e sai?

— Deve ser porque sou velha e ninguém vê os velhos, a não ser que façam coisas muito estranhas.

— Como o quê?

— Eu não faço nada. Só fico quieta, ouvindo aqueles sons que me chegam de outros lugares, não sei bem de onde.

— Sons? — Penso no rugido do mar. No meu caso, nunca foi embora. Algumas noites sonho que as ondas assumem a forma de um leão que come a casa, o terreno, as plantas, os animais, o jipe, os carrinhos de mão e tudo que encontra entre a praia e a estrada.

— Não sei. Às vezes me chega a cascata de dominós batendo na mesa, e os gritos desses negros que andam por aí sem rumo.

O mesmo homem do outro dia se aproxima. Meu corpo fica tenso.

— Um cigarro! — grita.

Minha mãe se levanta assustada e caminha na direção oposta.

— Um cigarro, mulher! — o velho grita, e ela tenta avançar mais rápido, mas seus pés se enroscam e ela cai de cara na calçada: o nariz destroçado.

Eu me lanço sobre ela, pego-a e procuro um banco para sentá-la. Ela não chora, não reclama, mas sai um fluxo de sangue do nariz dela que eu não sei como parar. O cara sai andando, sussurra coisas que não entendo.

— Louco de merda — digo baixinho.

Uso o xale para limpá-la. Pressiono o pano contra o nariz para deter o sangue, mas em vez disso o lambuzo nela, empapo-a toda. Seu rosto fica escuro, úmido e brilhante. Só consigo distinguir a íris marrom no meio do branco amarelado. Fico olhando para ela, esperando que reaja. Ela se levanta do banco e anda enquanto limpa o rosto.

— Você está bem? — Eu a sigo.

— Vamos, vamos. — Avança acelerada, como se estivesse sendo perseguida.

Eu a tomo pelo braço, ela está congelando. Eu a guio até o prédio. Rezo para não encontrar ninguém e não encontro ninguém. No apartamento, passo água oxigenada e coloco gaze no septo, que está inchado ao redor do arranhão. Não parece mais tão ruim, o sangue me assusta.

Ela vai ao banheiro.

Mergulho o xale ensanguentado na pia da cozinha com água e sabão. Forma-se uma espuma marrom que me enoja e corro para a lavanderia. Pego os painéis da caixa desmontada à minha frente, arranho os braços, lutando para entrar no espaço entre o tanque e a parede em que os painéis se apoiam. Vomito. Abro a torneira, me limpo e vou para a sala. Sento-me no sofá para esperá-la. Acendo a luminária de chão com o pé, mas ela não liga: está quebrada, tinha me esquecido. Faço a mesma coisa há anos quando escurece: entrar na sala, sentar no sofá, pisar no botão liga/desliga da lâmpada, que é redonda, grande e dourada, e, quando levanto o pé, faz um som como o estalar da língua contra o céu da boca. Não gosto da lâmpada do teto, prefiro ficar no escuro. A luz da rua entra pela janela.

A rapidez com que a casca de uma rotina é quebrada.

Qualquer rotina, por mais sólida que seja, é arrasada pelo imprevisto.

É estranho ter perdido aquele momento de acender a lâmpada com o pé e é estranho que seja tão difícil recuperá-lo. Por vários dias vou ter a inércia de pisar no botão liga/desliga só para descobrir, novamente, que a lâmpada não funciona. E, toda vez que eu fizer isso, vou dizer a mim mesma: "Tenho que ir à loja de ferragens para comprar uma lâmpada nova", mas não vou. A repetição desse fracasso será minha nova rotina.

Lá fora a lua ainda brilha, de ontem para hoje ficou menor.

Minguante, estamos numa lua minguante, embora isso não signifique nada para mim.

Minha mãe demora. Quero que ela saia e não quero que ela saia.

Tenho a sensação de que cada segundo que passa me aproxima de algo do qual não quero estar perto. E não é ela, não é propriamente isso, é isso com que ela vem. Com o que ela vem? Além de comida pesada e dos dados turísticos vulgares, o que mais ela traz?

O vento agita a janela, escuta-se um chiado.
Fantasmas arranhando o vidro.
Levanto-me e bato na porta do banheiro:
— Você está bem?
— Já vou.
Quando ela sai, parece outra pessoa. Lavou o rosto, penteou os cabelos e pôs um roupão amplo, estampado, com listras. A ferida não está mais coberta com meu curativo desajeitado, mas com um band-aid muito pequeno que guardo no armário de remédios. A delicadeza do trabalho, tão impróprio das suas mãos nervosas, me deixa perplexa. Ela abre o armário e tira dele um grande frasco de passiflora, pede uma colher. Eu a pego na cozinha e, quando volto, a encontro na cama pronta para dormir. Fez um penteado. A toca, se chama: um capacete de cabelo preso com grampos prateados, como parafusos que impedem sua cabeça de se abrir. Amarrou um lenço vermelho na parte superior. Senta-se para beber quatro colheradas de passiflora. Com a última, fala uma coisa que eu não entendo.
— O que você está dizendo?
— Vim aqui para lhe dizer uma coisa — responde, com a voz embargada —, mas não sei por onde começar.
Recosta a cabeça no travesseiro. Apago a lâmpada da mesa de cabeceira. Antes de sair, abro cuidadosamente o armário e pego uma camiseta. Fecho a porta. Ouço o interfone tocar.
— Sim?
É o Máximo, tinha saído para jogar fora o lixo e viu gotas de sangue fresco no corredor. Pergunta se estou bem, viu que o elevador estava no sétimo e Erika e Tomás tinham saído, então só resta a mim, e o sangue deve ser meu. Se estou bem, insiste. Fico muito incomodada com a ligação. O limite entre preocu-

pação e intromissão nunca é claro para a maioria das pessoas, mas não existe nos porteiros.

— Sim, estou bem, não sei de que sangue você está falando, não saí de casa.

Desligo antes que ele possa me responder. Tiro a roupa e visto a camiseta. Vou pegar meu computador e me recosto no sofá. Procuro fotos de Idris Elba, outra maneira de me evadir. Mas depois vejo Ágata na varanda e saio ao seu encontro. Eu a pego, abraço-a, acaricio sua barriga enquanto ela ronrona.

— Chega de ir e vir como um susto — eu digo.

O telefone, agora o telefone toca.

Volto para o sofá, Ágata se enrola ao meu lado. É Axel, ele quer saber o que eu jantei.

— Água morna — digo.

Ele ri. Pergunto-lhe sobre o peixe.

— Joguei numa lata de lixo: foi uma festa para os gatos do quarteirão.

Por baixo do pelo, a barriga de Ágata parece fria e túrgida.

Eu suspiro, não falo nada. Nem Axel. Parece estranho que, naquela noite, ele esteja tão fora do meu alcance.

— E você, o que jantou? — Penso em pizza e pergunto a ele: — Pizza?

— Pizza — diz.

Sorrio ali sozinha. Digo a mim mesma que o conheço desde sempre. Que não há nada que eu não saiba sobre ele e que ele não saiba sobre mim. Que a história do nosso relacionamento já está escrita em algum lugar, num caderno, e, portanto, será uma história silenciosa até que alguém abra o caderno e a conte em voz alta. Mas quem gostaria de fazer isso? Eu não. O que eu gostaria de fazer é descobrir o fim sem ter que passar pelo arco, ou seja, o que está no meio. Sem desligar o telefone, abro

meu bloco de notas no laptop e escrevo: "Tudo o que se conta se danifica".
— Conseguiu avançar com seu trabalho? — Axel pergunta. No fundo da sua voz, percebo uma pitada de desconfiança.
— Não.
— Que ruim.
— Mas algo bom aconteceu.
— Ah, sim? O quê?
— Ágata voltou.
— Quem é Ágata?

7

No dia em que Eloy me deu a última tarefa, disse: "Tema de composição... quac". E soltou gargalhadas. Não entendi a piada, porque era uma piada argentina. Não importa há quantos anos você esteja num lugar, não importa o quanto seu sotaque ou vocabulário tenha mudado: se você não entende as piadas, você não fala o idioma, não entra no código, não pertence. Pior é a etapa seguinte, quando você entende as piadas por força de repetição, ou por um exercício de dedução elementar, mas elas não te fazem rir. Numa sala superlotada de risos, você é a única que engole em seco.

Foi assim, desse jeito, no dia da atribuição da campanha. Nos reunimos no escritório de Eloy, éramos o cara do marketing, o diretor de arte e eu. Todos com nossos primeiros nomes escritos na fita colada no peito. Íamos conhecer o diretor criativo que os clientes queriam para a campanha: um fotógrafo que também fazia documentários e que estava no polo oposto da publicidade, explicou Eloy. Era improvável que ele aceitasse o trabalho. Eloy não escondia seu desprezo pelo rapaz. Quando entrei no escritório dele naquela manhã, estava dizendo aos outros: "Ninguém aqui vai implorar, quem ele pensa que é? O suprassumo?". Mas assim que ele apareceu, Eloy se levantou da mesa e o abraçou como se abraça um amigo querido na noite de Ano-Novo. Em seguida, apresentou-o a todos com uma pequena reverência: "Aqui, garotos, Axel Haider, um talento".

Dez dias depois, Axel me convidou para sair e me disse que havia suportado a tortura daquela reunião só por mim. A primeira vez que olhou para mim foi porque eu parecia um pouco ridícula com aquela fita que me atravessava de ombro a ombro, como uma costura que me mantinha de pé e me impedia de desmoronar. Meu nome era muito longo. O seu, muito curto. Sua fita ocupava apenas uma fração do bolso em que carregava um bloquinho e uma caneta. A segunda vez que olhou para mim foi porque achou divertido que eu não tivesse entendido a piada da vaca. E a partir daí, ele me disse, não estava interessado em olhar para mais nada. "E por que você foi à reunião?", perguntei. Ele me disse que sempre ficava um pouco feliz em ir a lugares que não teria escolhido, só para constatar que não os escolheria de qualquer forma. Pensei: ele se sente superior, mas também é inseguro. Do contrário, não se incomodaria em desperdiçar uma manhã numa reunião inútil. Confirmei as duas coisas com o passar dos dias, mas elas não me incomodaram, apenas me deixaram mais curiosa. Recusar esse trabalho era recusar muito dinheiro. Axel não era rico: a campanha de Eloy o teria sustentado por algum tempo. Disse isso a ele, e Axel respondeu que era uma grande mentira. Qual? Vender seu tempo para ganhar tempo, segundo ele, era uma equação impossível: "O tempo é como um rim, se for gasto não se regenera".

Quase três meses se passaram desde então, mas agora, sentada na varanda com minha mãe — outra vez aqui, como um novo velho hábito —, o passado imediato parece remoto. Parece-me que tudo isso aconteceu com outra pessoa em outra época. Hoje de manhã, o rosto da minha mãe é o de um boxeador, ela acordou mais inchada. O golpe aproveitou a noite para decidir sua cor: roxo-escuro no núcleo, verde no contorno. Não dói, diz ela, embora tenha concordado em tomar dois analgésicos porque eu insisti. Tomamos café da manhã lá fora, em seguida ela varreu e passou pano (está empenhada em fazer essas coisas) e depois ficou obcecada pelas minhas unhas: "Seus dedos foram mordidos por um canibal, filha". Apareceu com um estojo que eu tinha perdido de vista. Uma daquelas nécessaires feitas de tecido macio e florido, com vários bolsos. Dentro dela havia cortadores de unhas, alicate, lixa, creme para cutículas e o esmalte azul-escuro que usei durante a maior parte da minha adolescência. Ela trouxe uma tigela com água morna e sentou-se ao meu lado para fazer minha "manicure". Foi o que ela disse e me pareceu muito estranho. Lá, na terra dela — que também é a minha —, dizem "fazer as mãos", ou "fazer as unhas". Como se fosse uma coisa mágica ou esotérica. Você não tem mãos ou unhas até que alguém apareça e as faça para você. Minha mãe não é muito habilidosa, me machucou e me fez sangrar. Mas eu não a detive, fiquei comovida com suas boas intenções. O esmalte estava seco e ela pôs um pouco de acetona nele. Pacientemente me pintou. O resultado foi uma coisa grotesca: minhas unhas curtas ficaram submersas em poças de tinta escura. Estiquei os braços à frente, estirei as mãos para dar uma boa olhada nelas. Cada dedo parecia ser coroado por um inseto. "Como é que elas ficaram?", perguntou. "Divinas", respondi.

Quando terminou, foi preparar chá para nós e aproveitei para pegar meu laptop. Ela voltou para a varanda com duas canecas fumegantes e me perguntou o que era que eu estava escrevendo. Aí eu lhe falei sobre o texto da agência, mas fiquei com a impressão de que ela não entendia do que eu estava falando. A primeira vez que contei para minha irmã sobre meu trabalho, ela também não entendeu, mas achou importante: "Se você não existisse, eu nunca saberia que os rótulos das latas estão cheios de mentiras". Tudo porque lhe disse que tinha sido incumbida de escrever maravilhas sobre umas lentilhas sem graça e, na minha opinião, bastante tóxicas.

— E você gosta? — pergunta minha mãe, referindo-se, suponho, ao trabalho que acabei de lhe contar. Dei de ombros:

— Me pagam bem e acho fácil de fazer, sem muito esforço.

E sem contrato, sem previdência, sem transparência.

Ela assente e olha para a caneca.

— Mas não é isso que eu quero fazer — digo —, quero escrever outras coisas.

— Que coisas?

— Um romance, acho.

Minha mãe bebe seu chá, volta a assentir.

Eu me vejo como uma atriz coadjuvante que já passou dos trinta e ainda não teve um papel importante, então combate sua insegurança anunciando que leu filósofos.

— Eu também gostava de escrever — diz.

— Sério?

— Sim, uma época eu mantive um diário. Era muito pequenino, capa de couro, e vinha com uma chave. — Ri.

— E você ainda tem?

—Ah, imagina, foi há séculos.

— Você perdeu? — Eu mesma fico surpresa com meu tom indignado. Ela já perdeu coisas maiores do que um diário: um marido, duas filhas, uma casa, talvez.

— Não sei. — Ela estreita os olhos como se procurasse a prateleira invisível onde o deixou pela última vez. Depois sacode a cabeça.

—Alguém leu? — pergunto.

Ela ri de novo.

— Espero que não!

Um diário me parece o oposto de um filho: um repositório de segredos. Um esconderijo. Num diário, pode-se manter o indizível e trancá-lo a chave. Pôr a salvo as versões sombrias do mundo. A menos que seja um diário doentio de perguntas e medos e frases inacabadas. Nesse caso, seria exatamente o mesmo que um filho.

Minha mãe se levanta da mesa, vai até o parapeito e eu a sigo.

Lembro-me do pátio da casa cheio de árvores, uma mesa à sombra repleta de homens, fichas e copinhos de rum servidos à vontade. E a salada de manga verde com sal e limão como aperitivo. A salada era preparada pela minha tia enquanto ela instruía minha irmã e eu sobre como cortar as fatias, arrumá-las no prato, temperar. A quantidade de sal que punha nela parecia um plano para entupir as artérias de todos aqueles homens de bermudas floridas que tratávamos como faraós — ou inválidos. Meus tios, seus amigos, os amigos dos seus amigos. Toda vez que nos aproximávamos da mesa para levar-lhes algo, trazíamos de volta migalhas da sua conversa, das quais me lembro pobre e frouxa de piadas, mas generosa nas gargalhadas. E nas brigas: no fim do dia sempre havia gritaria e minha tia tinha de pedir a Eusebio que ajudasse a acalmar os senhores. Ele fazia isso, a ameaça de golpes se tornava um murmúrio enrevesado que ia se apagando, e então a tarde se enchia de mosquitos, vaga-lumes e olhos varicosos. O revelador sobre essa lembrança é que parece que vejo minha mãe sentada à parte, longe do resto: escrevendo algo numa caderneta ou caderno ou, agora penso, seu diário. Mas pode não ser uma lembrança, e sim uma fantasia. Às vezes é difícil dizer a diferença.

Vejo uma pessoa no apartamento do casal e do bebê. Um vizinho que foi regar as plantas, acho. Aguardo que reapareça, mas não acontece. Deve ser uma sombra, então, um reflexo. Tudo continua quieto. Talvez esteja escondido, observan-

do-nos, fazendo anotações na tela magnética que o casal usa para escrever a lista de compras: duas mulheres encostadas no parapeito da varanda numa aparente atitude contemplativa. Nenhuma delas abre a boca, embora seja óbvio que se comunicam em silêncio, o que não é o mesmo que falar consigo mesmas. A conversa na cabeça delas inclui uma à outra e é fluida, mas carece de interlocução e, portanto, de respostas.
— E o que você escrevia no diário?
— Bobagens.
— Eu ia gostar de ler.
— Pura bobagem, isso que elas eram.
Há uma versão da minha mãe — e, portanto, de mim?— num livro perdido. Acho injusto não poder conhecê-la. Sinto-me exausta. Eu me pergunto quem era minha mãe quando escrevia seu diário. Quem era minha mãe antes de ser minha mãe. E depois? Consolo-me dizendo a mim mesma que a verdade sobre as pessoas tem pouco a ver com o que elas escrevem sobre si mesmas. Embora muitas pessoas acreditem que, quando você escreve, você se desnuda, eu sei que na verdade você se veste. Põe outras caras, volta a se fazer de uma forma em que se misturam culpa, frustração e desejo, e o resultado é um personagem perfeitamente despojado e honesto. E isso não tem nenhuma solidez real. Tal construção só pode ser desenhada no papel.
Minha mãe diz que vai procurar "um docinho". Fico no parapeito e vejo minha vizinha, a enfermeira, chegar num táxi. Susan, acho que é este o nome dela. Vem também León, todo vestido de jogador de futebol. Sua mãe paga o táxi, dá a mão ao menino e caminha até o prédio em ritmo acelerado, fazendo com que León vá quase arrastado. Antes de chegar à porta, o menino passa ao lado de uma pequena pilha de folhas secas que Máximo deve ter varrido naquela manhã: ele a chuta e as

folhas se espalham. Ele está bravo com a mãe. Por quê? Por algo assim: ele queria comprar um chocolate depois do treino e ela lhe disse que o chocolate dava cárie e que, além disso, ela não tinha dinheiro, ao que o garoto bufou ou soltou um palavrão, que ela reprimiu agarrando seu rosto como eu a vi fazer certa vez: usando o polegar e o dedo médio para afundar suas bochechas, fazendo com que se formasse nele uma espécie de tromba que reforçava sua expressão de raiva e também devia atiçar a dela, porque dessa vez, na hora em que a vi fazer isso no corredor do prédio, olhou para ele com raiva e disse: "Assim como eu te fiz, posso te desfazer".

Minha mãe ficou na cozinha a tarde toda, preparando umas comidas para a semana. Eu, na mesa da varanda, avancei um pouco com o texto da agência. Mas rapidamente relevei aquilo e abri o arquivo da bolsa. Continua cru. Continuo boba.
    Entro em casa, quero água, ou chá. Um biscoito, talvez.
    Espio a cozinha e encontro o espaço transformado. Novamente há pratos que não conheço, toalhas com desenhos de frutas, um vaso com margaridas amarelas, vapores de caldos que emergem de umas panelinhas douradas que vibram nas bocas de ferro da cozinha. As panelas produzem um tilintar semelhante ao riso das crianças em histórias de terror, ou ao chocalho de uma cobra, ou aos cincerros de um rebanho enlouquecido.
    Há alguma hostilidade no pequeno espaço da cozinha: como se ele não gostasse de ser usado. Na verdade, há alguma hostilidade em toda a casa, que foi forçada a se transformar numa criatura desconhecida. Não reconheço as coisas e, pior, sinto que as coisas não me reconhecem. Toda vez que saio — para o supermercado, para a quitanda, para jogar fora o lixo —, encontro algo que me desequilibra: xicrinhas de barro alinhadas

na estante, flores de plástico na mesa de cabeceira, uma Virgem do Carmo com o nariz estilhaçado, ímãs de negrinhas na geladeira com vestidos que brilham no escuro e incensos acesos num canto — a haste de metal, por falta de base, está enterrada numa rodela de batata —, liberando um cheiro que me derruba e me esmaga no sofá numa soneca incompreensível.

O uso que minha mãe faz do espaço me atordoa, mas não chega a me enfurecer. O incômodo é atravessado por um súbito sentimento de compaixão que me impede de pegar a vassoura e destruir tudo.

Naquela vez que visitei minha irmã, quando vi a exposição que ela fazia na sua cozinha, pensei mais ou menos na mesma coisa que penso agora: que a maioria das pessoas substitui as desavenças afetivas por produtos. Esse também é o significado das suas encomendas: não posso te dar minha compreensão nem minha companhia, então o que eu não tenho transformo num rocambole, num chapéu, numa capa de crochê para pôr o celular. Também não é uma revelação. É um conhecimento que sempre existiu, não só na minha família: quando falta compreensão e se renuncia a alcançá-la de forma consensual — ou seja, trabalhosa; quando a incapacidade ou o cansaço vencem, há sempre comida, presentes, produtos deliberadamente desnecessários — e, em geral, feios.

Saio para a varanda de novo. No fim, não peguei água nem nada. Lá fora, encontro Ágata. Sento-me, ela sobe pelas minhas pernas e se acomoda numa bolinha pesada.

Preocupa-me não ter clareza sobre a primeira parte do pedido de bolsa. É pouco sério candidatar-me a uma bolsa para desenvolver um projeto de escrita que não tenho.

Enquanto examino o ar procurando não sei o quê, começo a ver trechos de coisas que minha irmã uma vez me contou. Foi há tantos anos que os detalhes me escapam. Eram todos invenções. Minha irmã estava farta de eu perguntar sobre coisas que ela também não sabia. Então ficava séria, sentava-se diante de mim e me olhava intensamente. E começava a me contar, como num filme, a história dos nossos pais. Mudava o tempo verbal, narrava no presente, coisa que me chamava muito a atenção porque fazia com que tudo o que ela dizia parecesse não apenas verdadeiro, mas imediato. "O que estou contando não aconteceu, mas está acontecendo": era assim que eu entendia suas histórias.

Começava assim:

Mamãe e papai estão indo para uma festa num barco. Há uma orquestra, lua cheia e garçons servindo um uísque trazido de La Guajira. O uísque é envenenado e todos que o tomam morrem. Ou seja, toda a festa, com exceção da mami, que está grávida e não bebe álcool. É assim que ela fica viúva e você fica órfã antes de nascer.

Não acredito em você, eu dizia.

E ela, revirando os olhos, dizia que bom, ok, a história era outra:

Um barco, uma festa, a lua, a orquestra — por alguma razão, ela emoldurava tudo naquele cenário, que devia lhe parecer romântico e trágico ao mesmo tempo. De repente, uma tempestade feroz, provavelmente um golpe residual do furacão El Niño — que estava na moda na nossa época, mas quem sabe se no tempo dos meus pais também estava —, agita o navio até que ele vire e todos se afogam, exceto o papi, que é especialista em tempestades, porque é soldado da Marinha.

Soldado?

Um soldado muito corajoso, sim. Mas, quando vê que sua esposa grávida morre, se entrega ao álcool: bebe todo o uísque da região e, numa dessas, topa com um carregamento adulterado — trazido de La Guajira por uns índios contrabandistas — e morre intoxicado.

 Então, eu morro também?

 Não, você não morre. Milagrosamente te tiram do corpo da mami e te operam para te reanimar, mas para te salvar eles me agarram e tiram todo o sangue do meu corpo, e o passam para você através de uns tubinhos transparentes: uns caninhos longos que eles te enfiam pelo nariz. Seu corpo de bebê é minúsculo, mas eles usam todo o meu sangue de qualquer maneira. Esvaziam-me, não me deixam nem uma gota. Quando te entregam à minha avó, o médico diz: "Esta menina nasceu com a sede de um vampiro".

 E você?

 Eu morro.

 Você morre?

 Ela assentia: sim, estou morta, não existo.

 E por que eu te vejo?

 Porque você está cheia do meu sangue.

Havia inúmeras variantes. Todas perturbadoras. Mas eu estava grata pelo fato de que minha irmã me dava algo a que me agarrar. Suas histórias eram minha única cosmologia. Acho que ainda são. Para o resto da família, nossa origem sempre foi um baú com cadeado.

Volto ao laptop, à proposta da bolsa:

 Gênero: romance (?).

 Título: O diário da minha mãe.

8

Por volta das nove da noite, a campainha toca. Minha mãe já está na cama. Estou no sofá com Ágata e cabeceando na frente de uma série no computador. Acho que é o casal do lado. Talvez Máximo tenha dito a eles que estou machucada. Ou talvez venham me pedir desculpas por me acusarem de jogar um rato morto na varanda deles: depois de discutirem durante o jantar, chegaram à conclusão de que a acusação era absurda. "Não somos todos pessoas civilizadas?": é o que ela diz nas reuniões no prédio quando algo ameaça sair do rumo eufemístico. Erika escolheu a presunção como estratégia para dizer ao mundo: estou preparada para receber seus golpes antes que eles venham. Fala pouco nas reuniões, mas seu olhar percorre o rosto dos presentes como se percorre um jardim estéril. Detesto a atitude dela e, ao mesmo tempo, a entendo. Mas esse entendimento não é racional. Isso me acontece com Erika, como com algumas obras de arte que não entendo e, portanto, não sei se são geniais ou imundas, mas fico na frente delas e sinto uma bofetada repentina, e depois o desconcerto: por que você está me batendo se eu só olhei para você?

Dirijo-me para a porta. Meu plano é encará-los de braços cruzados: ouvi-la se desmanchar em explicações; vê-lo corar.

Ambos os corpos recortados contra o fundo ocre do corredor que separa nossas portas.
Espio pelo olho mágico: é a enfermeira.
— Sim? — digo.
— Me desculpe pela hora, é Susan, mãe do León.
Abro a porta.
— Oi.
— Oi.
— León está bem?
Faz que sim com a cabeça. Eu não me mexo, não quero que entre.

Quero pegar um facão e cortar o piso para marcar o limite entre o mundo exterior e o mundo interior, e que desse corte cresça um muro de fogo que só eu possa atravessar. Eu me apoio no batente da porta. Susan olha para o lado e descobre Ágata:
— Ah, a gatinha apareceu.
Suspiro.
— Você quer entrar?

— Que cheiro é este? — Susan diz.
Eu a ignoro. Estamos na cozinha, finjo estar concentrada em pôr a chaleira no fogo. O ar é uma miscelânea de cheiros exóticos. Distingo cardamomo, cominho, cravo, anis, muito coentro. O engraçado é que, se Susan não mencionasse isso, é provável que o cheiro não tivesse me parecido chamativo. Significa que estou me acostumando que minha casa — minha vida — cheire a comida supertemperada. Minha mãe faz desaparecer a matéria-prima, o alimento essencial, para transformá-lo em não sei o quê. A culpa não é dela, não é bem assim. É algo típico da gastronomia do meu país. Você tem que ser um mágico para adivinhar o que está comendo. Pode ser uma delícia, não

importa, mas a origem, o ponto de partida, é um mistério que o cozinheiro guarda para si.

Enquanto a chaleira ferve, Susan descobre numa prateleira uma pequena garrafa de rum que veio em alguma encomenda anterior. Está quase cheia. Quando lhe sirvo o chá, ela aponta para a garrafinha com o queixo:

— Posso?

Assinto. Susan derrama uma dose na sua xícara. É escuro, envelhecido.

Minha irmã considera que o rum branco é para os pobres e/ou viciados e o rum escuro é para as pessoas elegantes e lúcidas que de vez em quando, depois de um dia difícil, precisam de alguma substância que as cegue momentaneamente para então recuperar a visão cristalina das coisas. Fico honrada com sua explicação, mas não gosto de rum.

— Você quer? — Susan me oferece.

Enfim, de vez em quando lhe dou uma chance. Estendo minha xícara e ela despeja uma dose, olhando para minhas unhas. Uma abominação. Examino as dela: curtas, arredondadas, sem esmalte.

— Vamos lá para fora — eu digo, e me encaminho para a varanda para tomar um pouco de ar. Ela me segue. Ágata está deitada no meu laptop, vigiando a porta fechada do quarto.

— Eu queria falar com você uma coisa — diz Susan, e dá um gole da sua xícara. Usa uma jaqueta larga e fina com bolsos nas laterais e calças de algodão. São roupas surradas e confortáveis. Seus tênis são brancos, Adidas, novos, lindos. Percebo que é nisso que ela investe.

Susan e eu nunca conversamos sobre nada. Nas poucas vezes que León ficou comigo, ela o pegou de madrugada e o levou dormindo para seu apartamento depois de murmurar um agradecimento. Sempre quis me pagar, mas eu recusei.

Uma vez ela me mandou uma manta trabalhada, tipo andina, mas industrial.

Eu ponho os cotovelos no parapeito. Ao longe: o edifício oco no seu esplendor noturno. Transcorrem mais dois goles dela e um meu. O chá está muito amargo. Queima minha garganta primeiro, e depois meu estômago. É como se eu tivesse tragado brasas. Uma bolha de gás sobe pela minha garganta e escapa da minha boca num arroto embaraçoso.

— Perdão — eu digo. — Alguma coisa que eu comi no jantar não me caiu bem, desculpe...

— Tranquilo, nena.

Os olhos de Susan brilham. Ela vai chorar? Fico assustada. Mas não parece um brilho de tristeza, e sim de violência contida. Algo que de repente brilha e mostra sua dureza. Uma rocha debaixo d'água.

—Agora há pouco, quando León estava prestes a adormecer, perguntei de quem ele gosta que cuide dele quando estou no trabalho e, bem, ele me disse que você.

— Que graça.

Ela olha para o chão, o rejunte dos azulejos manchados de limo.

Não me esforço muito para limpar a varanda, deixo para a chuva.

Susan volta a levantar a vista. Ela me encara, mas fica calada; como se esse gesto fosse uma pergunta perfeitamente formulada à qual devo responder.

— Vê-se que você é boa para ele e eu queria te agradecer por isso — diz ela.

— Não, por favor, eu gosto muito do León.

— Não, mas mesmo assim.

— Ok.

Nós duas ficamos caladas.

Um, dois, três goles dessa poção horrenda, mas eficiente.
Já me sinto mais leve. Na minha cabeça estão as lombrigas subindo, insufladas de ar. Hoje não pesam.

— A miserável da babá pediu demissão hoje à tarde — diz ela —, dá para acreditar?

Eu tomo o resto do chá de uma só vez. É óbvio o que está por vir.

— ... primeiro ela veio com a conversa de que queria mais grana, eu falei tudo bem, vou fazer um esforço; mas aí não era mais isso, e sim uma questão de horários.

— Ela estuda à noite, acho.

Não tento defender a babá, embora goste dela porque é fácil de se relacionar. Nem sei seu nome, sempre que tocou minha campainha se anunciou como "a babá do León". Mas me parece uma menina correta e paciente. Executa com diligência e sem nenhuma repugnância as tarefas mais complicadas, como limpar ranhos e bundas. Em outras palavras, é alguém idônea, mas fria. Nas vezes que conversamos, ficou claro para mim que ela trabalhava por necessidade, mas as crianças não eram sua vocação. Não queria filhos, tinha me dito isso uma vez aqui mesmo. Naquela noite, Susan havia se atrasado e ela não conseguiria chegar à sua aula porque havia uma paralisação do transporte. Ela descobriu depois que levou León até minha casa, então eu lhe disse para ficar também e nós tomaríamos um chá enquanto León assistia desenhos animados no meu laptop. Eu também não queria filhos, disse-lhe. Por quê?, perguntou. Porque eu já tenho dois empregos, respondi, um deles me paga, o outro — o que mais me custava e do qual eu mais gostava — não. Eu não podia assumir um terceiro emprego, muito menos se fosse de graça. Ela pareceu pensar nisso por um tempo, fazendo que sim com a cabeça com o chá na mão. Falei-lhe sobre Virginia Woolf, para citar uma voz autorizada:

"Uma mulher que quer escrever precisa de um quarto todo seu e quinhentas libras", ela havia dito em 1929. "Uh", disse a babá, "faz quase cem anos." E que, com a inflação histórica da Argentina, era melhor não fazer a conversão. Achei engraçado, mas me levou a fazer aquela equação difícil de cabeça: quinhentas libras, quantos pesos eram em 1929? E sobre esses pesos eu devia aplicar a inflação que houve na Argentina em cem anos. Era assim?

— É tudo mentira, o que ela vai estudar? — diz Susan, e me olha desconfiada, como se ter essa informação me situasse no campo inimigo.

As razões da babá eram mais simples do que as minhas: um filho era um esforço longo e demasiado físico, ela não queria dedicar nem seu corpo nem seu tempo a ele. O parto já anunciava: o desgaste físico era brutal. "Pense assim", disse ela, "uma pessoa só pode suportar quarenta e cinco unidades de dor, mas no parto uma mulher suporta cerca de cinquenta e sete, o que equivale a vinte ossos quebrados de uma só vez." O que se seguia ao parto era ainda pior, continuou, porque ter um filho exigia uma entrega absoluta e definitiva, se não se quisesse destruir a criança no processo, claro. Ou perdê-la. A facilidade com que se perdiam crianças era espantosa. Ah, sim?, eu disse, cativada pela sua maneira enfática de falar. "Historicamente, elas têm sido o elo fraco: são roubadas, são vendidas, são desmembradas", dizia ela. "E ninguém as defende porque ninguém se importa com elas." Então era preciso ficar em cima delas, cuidar delas, vigiá-las até que pudessem andar soltas, e para isso o ser humano era muito mais lento do que outras espécies. Ela sabia bem disso, tinha cuidado do irmão mais novo, que acabara de completar quinze anos, e só há cerca de cinco anos é que podia dizer que o tinha "desmamado". Dez anos deu a ele. E agora, ainda por cima, andava por aí, "desafiando a sorte", na moto de um amigo: "Uma moto, dá para acreditar?". Ela ficava apavorada com isso, mas não era mais responsabilidade dela. Não havia nada a quem ela quisesse dar mais dez anos, disse. E que cuidar do León era algo provisório e limitado. É por isso que ela ficava brava quando Susan a deixava esperando e roubava seu tempo, isso era uma maldade: com ela e com o menino.

— Ela é uma vagabunda, aquela menina. — Susan tira o celular do bolso, digita algo rápido na tela e me mostra. É o Instagram da babá, que por pouco não reconheço. Chama-se Flor. E tem pétalas pretas tatuadas ao redor do umbigo. É o que se vê na foto que Susan me mostra agora, além do início do seu púbis — estrias, pelos, a marca do biquíni — e, acima, a dobra dos peitos: dois sorrisos largos. Invejo esse tipo de audácia, essa autoconfiança para se mostrar que algumas mulheres têm. Mulheres que se sentem confortáveis mais que bonitas, e é por isso que são bonitas. Flor é linda. Eu sou um saco de complexos.

— O que você acha disso? — Susan insiste, indignada.

Estou completamente de acordo!, quero dizer.

— ... e nem é a foto mais feia que ela tem, valha-me Deus. — Sacode a cabeça.

O sotaque de Susan me confunde.

— De onde você é? — pergunto.

— Do Sul — responde com relutância.

O Sul é grande. É quase como apontar para um planisfério e dizer: "Eu moro ali".

Penso no glaciar Perito Moreno desmoronando diante da vista deslumbrada da minha mãe.

— Dizem que é lindo.

Susan respira fundo, parece evocar algo que não consegue guardar para si.

— Sim, sei lá.
— Susan, eu não posso ser babá do León — digo.
Ela faz que sim com a cabeça. Volta ao seu chá e bebe de olhos fechados, como se fosse uma poção que a fará se transformar em outra coisa. Em algo livre e efêmero: uma libélula, uma pipa, um origami, um cigarro.
— Quanto devem custar esses apartamentos? — digo, apontando para o edifício de lofts. Quero sair dessa confusão. Susan abre os olhos.
— Muito. O prédio está quase vazio porque não conseguem vendê-los para ninguém.
— Sério?
— Claro. Você não vê?
— Só consigo ver bem este, que está ocupado.
— Sim, mas em geral, quero dizer. Não vê como estão as coisas neste país?
"As coisas" é uma expressão ampla. Já "este país" é uma ideia restrita. Quero dizer a ela que tenho uma enorme facilidade para ignorar tudo o que não me diz diretamente respeito: tsunamis, eleições, greves, a macroeconomia. Não lhe digo nada porque a enunciação é fraca e a argumentação seria excessiva.
— Bem se vê que você não sai muito, pombinha.
— Nem tanto.
— Melhor. — Ela termina o chá em mais dois goles. — Não está perdendo nada.
Nós duas olhamos para a frente, para o prédio oco.
Penso na coleção de projetos truncados: três andares de um escritório de advocacia; dois de um escritório de arquitetura; um consultório de uma psicóloga de celebridades; um salão de beleza e *stone therapy*.
No que Susan está pensando? As comissuras dos seus lábios têm gravidade própria, se curvam involuntariamente.

Ouço um barulho no meu quarto. Tenho medo de ter acordado minha mãe. Susan nem pisca.
— Que horas são? — digo.
Ela sai do transe para olhar para o celular.
— Ai, já são mais de dez e meia — e é melhor ela ir embora porque tem que dobrar a roupa.
— Agora?
— Se não a pilha só aumenta.
Na porta, ela me olha: seus olhos escuros mergulhados numa concha.
Ela está pálida. Dá para ver que também não sai muito.
— Obrigada pelo papo e pelo chá — diz.
Deve ser o rum: me sinto suave e generosa. É nesses momentos de fraqueza que a boa mulher entra em cena e mete as mãos pelos pés.
— Susan, se um dia você estiver com alguma emergência, posso cuidar do León.
"Estúpida", diz a má, antes de se estatelar como uma porcelana no chão.
Susan assente e sorri.
— Obrigada.
Ela está prestes a sair, mas se vira novamente:
— Vou te dar uma dica de sobrevivência. — Ela está ansiosa para retribuir. A "dica" é um presente dela: — Quando você se sentir para baixo, faça uma arrumação. — Ela pega meu antebraço, seus dedos estão frios. — Ponha ordem em tudo que encontrar: chama-se ócio produtivo e vai te fazer bem porque é bom para mim e, no fundo, somos parecidas.
No fundo do quê?
— ... Arrume até que o peso do que você está carregando se torne suportável. Porque não é que o peso vai embora, sabe,

isso é importante saber. — Ela adota um tom científico, que eu atribuo à sua profissão: — O peso não vai embora, só alivia. Quando fecho a porta, penso nas tardes em que passei separando minhas roupas por cor. Mulheres solteiras são presas fáceis para "dicas de sobrevivência". Li numa revista que o armário é um retrato da psique. Pelo teste que se seguia ao artigo, soube que minha natureza é caótica. E o que isso significa? Entre outras coisas: que não sou dotada para a felicidade, que se quero alcançá-la devo me empenhar para obtê-la; e comer menos carne vermelha: quando o corpo pesa, a mente pesa e o discernimento chega com mais dificuldade. Não sei que revista era essa, li no consultório da dentista, e naquele dia acreditei. Eu me forço a arrumar as coisas para fingir que controlo algo — isso não foi nenhum teste que me disse —, mas a ordem não dura muito porque é circunstancial. Às vezes também é preventiva: eu arrumo para não ficar entediada, ou seja, para não ficar triste. Eu poderia ter dito tudo isso a Susan. Dizer essas coisas é uma forma de se igualar. Mas me deu vergonha. A ideia de que existe um conhecimento que cabe em todas nós é ingênua. É o mesmo que descobrir na vida dos outros uma conexão secreta com a própria. Toda vez que alguém solta: "a mesma coisa aconteceu comigo", sei que está prestes a contar algo que não tem nada a ver com a história original. Talvez seja um gesto de solidariedade e eu não sou capaz de percebê-lo: receber uma anedota de segunda mão e senti-la como própria e contá-la como própria e transferi-la para outra pessoa e depois para outra pessoa, até que a história original não importe mais.

9

— Posso cuidar do menino, se você quiser — diz minha mãe, enquanto levanta a bandeja da mesinha auxiliar de rodinhas que comprei meses atrás, embora não a tenha usado muito. Estamos na sala, acabamos de comer banana-da-terra com queijo e tomar café com leite.

Como ela poderia ter ouvido minha conversa com Susan?

Imagino-a com a orelha grudada à porta do quarto, tentando decifrar palavras e silêncios. Eu a imagino pressionando com tanta força que se pode sentir os rangidos internos do compensado.

Finjo que não a ouvi. Me recosto no sofá, deixo-a se afastar.

Olho para a mesinha cheia de migalhas. Que espaço inútil. É tão pequena que as xícaras tiveram de ficar no chão e eu fiquei tensa pensando que a qualquer momento eu iria chutá-las. Mas era mais fome do que preocupação; comi com a voracidade de uma ratazana. Para ficarmos mais confortáveis, tinha ido buscar duas cadeiras na varanda e trouxe-as para a sala. Quando saí para pegá-las, senti o contraste drástico entre o frio lá fora e o calor dentro da sala.

Agora, do sofá, a vista atrás da varanda é o nevoeiro estacionado no horizonte. Os topos cinzentos de alguns edifícios projetam-se como icebergs. Ágata não está. Novamente ela desapareceu. Sempre acontece: se minha mãe está lá, a gata vai embora.

— Pobre mulher — minha mãe me fala da cozinha —, estava tão abatida.

Abatida não é uma palavra da minha mãe.

Desarticulada, desarrumada, desfalecida. Essas são as palavras da minha mãe.

Volta para a sala secando as mãos com um pano de prato sujo, que ela usa para retirar as migalhas da mesinha. Atravessa minha visão: sua silhueta escura se impõe sobre o nevoeiro ao fundo. Do golpe na face resta apenas uma sombra clara, cobrindo a maçã do rosto e um olho; é uma ilha flutuante que navegava ao longo da metade superior da sua cara e foi se instalando sazonalmente em diferentes setores.

— Você sabe alguma coisa do Eusebio? — A pergunta me vem do nada. Isso tem um nome na neurociência. Às vezes não são perguntas, mas frases soltas sem relação direta com nada do que está acontecendo. Muitas vezes são frases inapropriadas, sensíveis, ofensivas. Penso num mutante cujos olhos emitem descargas elétricas aleatoriamente. Essas frases se autogeram como um cogumelo numa região do cérebro de cujo nome eu me esqueci.

Minha mãe balança a cabeça:

— Não sei.

Vejo-a sair para a varanda e, outra vez, jogar o punhado de migalhas por cima do parapeito. Por que ela faz isso? Quero agarrá-la pelos ombros e explicar-lhe as coisas. Que coisas? Me cansa pensar nisso. Ordenar conceitos, estabelecer categorias: isso é certo, isso é errado. Segundo quem? Segundo a ética social universal.

Anos atrás, descobri pela minha irmã que Eusebio tinha destruído parte da casa. Não se sabia o motivo: "Ele atacou todas as portas como se estivesse se defendendo do Godzilla".

Quando volta para dentro, minha mãe está transpirando. Acho que tenho de pedir ao Máximo para verificar o aquecimento no apartamento. Que angústia pedir qualquer coisa ao Máximo. Minha mãe volta para a cozinha para lavar a louça, anuncia. Preciso me levantar para ir ajudá-la, digo a mim mesma. Mas fico parada.

Mais cedo, quando estávamos tomando café da manhã, fui atingida por uma onda de calor. Tive de me abanar com as mãos e respirar fundo. Minha mãe me olhou com a testa enrugada: "Você está bem?". Fiz que sim com a cabeça. Então olhei para dentro da xícara de café com leite para ter certeza de que o havia preparado certo. Tudo bem: mais leite do que café, era assim que minha irmã e eu bebíamos. Minha mãe não bebia leite, dizia que fermentava no estômago. Mas a xícara dela hoje era idêntica à minha: uma lágrima. É assim que chamam aqui em Buenos Aires.

Quando me surgem essas frases ou perguntas desengonçadas (outra palavra da minha mãe), anoto-as num arquivo de computador, pois suponho que um dia serão úteis para mim. É assim que vou colecionando uma longa lista de incoerências.

— Ele deve continuar lá na vila — diz minha mãe.

Sua voz vem até mim filtrada pela batida da água contra a pia. Vejo as gotas respingando na bancada, nos azulejos, no chão. Sua presença é explosiva. Não há espaço para adjetivos como sutil, delicada, cautelosa, discreta, lânguida. Ela pode ser descrita como nervosa, enfática, temerosa, tosca, exuberante.

— ... os negros têm dificuldade de ir embora.

Eusebio e sua mulher, a Machi (nunca soube se ela tinha um nome real), devem ter sido as pessoas mais dedicadas que ela já teve. Eles a ajudavam na casa, faziam as compras, administravam a propriedade. Mas minha avó desaprovava que minha mãe nos criasse como animaizinhos soltos naquela casa cercada de bananeiras, sob os cuidados de um casal de boas almas, mas selvagens. Decidiu, então, que estaríamos melhor com minha tia Victoria, pelo menos durante a semana, e que fôssemos para uma boa escola. Que tirássemos a tanga e nos vestíssemos com uma jardineira escocesa calorenta. No sábado, se quiséssemos, poderíamos voltar para o povoado para atirar pedras ou cutucar com um pau os bichos marinhos que iam agonizar na margem da praia. Por que eles iam morrer lá e não em outro lugar?, perguntei a Machi uma tarde. Minha irmã, ela e eu estávamos sentadas nos esporões enferrujados que dividiam uma praia da outra. A Machi olhou para os lados: o vento gritava como se estivesse ferido e levantava uma areia fina e irritante. Em seguida, ela respondeu que não havia pessoas naquela praia, esse era o motivo: "Ninguém gosta de ser observado quando está morrendo, menina". Minha irmã bufou de aborrecimento. A Machi e eu nos viramos para olhá-la e então ela disse que estava com calor e se sentia pegajosa; e que havia mosquitos e o cheiro de lodo lhe dera uma dor de cabeça que lhe embaçava a visão. Então fomos embora. No caminho de volta, quando a Machi se adiantou um pouco para tirar as pedras do trechinho estreito pelo qual tínhamos de passar, minha irmã, toda irritada, me disse: "A Machi me dá vergonha, ela é muito ignorante".

Levanto-me do sofá, me espreguiço, entro na cozinha.

— Quantos anos tem? — minha mãe me pergunta, enquanto lava pratos e os empilha numa torre na bancada. É muita louça suja para um café da manhã para duas pessoas. Pego um pano de prato limpo numa gaveta do móvel e começo a secá-los.

— Quantos anos tem quem?

Ainda estou pensando na Machi, no Eusebio. Sempre cheiravam a sal. Às vezes também a lenha.
— O menininho da vizinha.
— Ah, León. Tem seis.
— Diga que você cuida dele, vai. Eu te ajudo.
Olho para ela. Procuro algo no seu rosto que me permita reconhecê-la.
Me ajuda? Justo ela, que não tem nenhum cartão que a credencie para cuidar de crianças. Isso me deixa com raiva e pena ao mesmo tempo.
Tenho uma coleção de acidentes infantis guardada no corpo. Cicatrizes que dão fé de que estou viva por milagre. Caí de árvores altíssimas, quebrando galhos grossos com meus ossos magros. Quebrei a clavícula, meus dentes voaram; uma vez bati a cabeça com tanta força que durante dias ouvi um sinal sonoro agudo interferindo no resto dos sons. Tenho mais tomografias do que fotos. Mas eu gostava de estar naquela casa, tão solta e selvagem. Todo domingo eu sofria com a chegada da minha tia porque não queria ir embora. Minha tia era boa, mas chata. Era como um namorado formal para o qual era preciso voltar depois de um fim de semana apaixonado com um viciado em heroína belo e aventureiro. Algo semelhante acontecia com minha tia quando ela ia nos buscar: ela nos olhava de um modo estranho, como se nossas feições — tão evidentes na sexta-feira — tivessem se apagado em dois dias e agora ela precisasse desenhar de novo os traços que ficaram. Quase sempre trazia convidados. Corria ao nosso encontro com uma urgência inexplicável — ou seja, falsa — e nos apresentava com um tom solene e abrangente, como se fôssemos algo que, depois de considerar profundamente, ela mesma se animaria a comprar. Minha irmã não oferecia resistência. Eu descia para a praia, me perdia por um tempo que nunca era suficiente para preocu-

par ninguém. Se o mar estivesse muito agitado, eu me sentava na praia, mas quase sempre entrava na água e mergulhava com medo e excitação, pensando que algum animal viria me atacar. Lá embaixo, imaginava que minha mãe rodeava todos eles sem que percebessem, encharcava o perímetro com gasolina e ateava fogo em tudo, e, quando eu subia, encontrava uma selva queimada sem corpos à vista. Mas não, quando subia as escadas o que encontrava era um almoço opulento servido nos pratos de visita. E o resto dos meus tios já quase bêbados. E minha avó se intoxicando com repelente. O jardim da minha avó não era como o nosso: ela punha tanto herbicida que nem um pássaro cantava, nem uma cigarra, nem um grilo zumbia. Ela considerava um triunfo.

Não me lembro de muito mais desses almoços.

Lembro-me do que eles me ensinaram: as famílias são emboscadas. Lugares inflamáveis.

— Vamos sair hoje — digo à minha mãe.
— Ah, não, para quê?
— Não sei, não importa.
— Como não? Para onde vamos?
— Andar de trem, tomar um pouco de ar fresco, ver vacas.
— O que devo vestir?
— Algo confortável.

O trem está quase vazio. Não é incomum porque é um trem de brinquedo: é usado para levar os turistas a passeio e a passagem custa três vezes mais do que a do trem comum, que cobre a mesma rota com outro trajeto. É todo de madeira e ferro, está sempre limpo, e o ponto de partida é uma estação do século XIX agradável e pitoresca. Lá aproveito para comprar água. Há apenas outros dois passageiros no nosso vagão. Uma menina com fones de ouvido e um homem dormindo. Digo à minha mãe para sentar na janela, para que ela possa ver melhor a paisagem. De repente, me sinto responsável pela vista, como se fosse meu trabalho preparar o cenário para ela. A viagem é longa e bucólica, se tomarmos a paisagem da minha varanda como referência. Vemos grandes casas com seus jardins amarelos passarem, iluminadas de uma forma que nos faz pensar que há alguém interessado em esfregar na nossa cara a beleza do mundo.

Minha mãe se entrega: eu a vejo olhar como outras vezes a vi olhar outro tipo de beleza. Triste. Minha mãe parece triste porque suponho que o mundo, por mais belo que seja, não é suficiente para ela. E esse vazio de o mundo não ser suficiente, de perder algo que o mundo não será capaz de lhe oferecer, é a tristeza. Acho que ela poderia dizer a mesma coisa sobre o amor. O amor e a tristeza, quando são tão intensos, devem ser sentidos da mesma forma, nos pulmões. Entram no corpo em inalações ansiosas, sempre insuficientes.

Em que minha mãe está pensando? Talvez no meu pai. Quanto tempo um morto permanece vivo dentro de outro?

Não sei em que minha mãe está pensando.

Quando ela se vira para me olhar e eu me vejo nos seus olhos, imagino que meu reflexo não vem de fora, mas de dentro, e que sou eu que estou na sua cabeça e é por mim que ela sofre.

— Estou aqui — lhe digo. Porque a vejo sair pela janela e quero trazê-la de volta. Ela passa os olhos sobre mim com uma mirada fugaz e vai embora de novo. Minha presença não a convence.

É uma cena que se repete.

Antes, na casa da praia, no momento em que ela se virava para a janela e se fundia no mar e seus bramidos, minha irmã me puxava pelo braço, me tirava do quarto e depois da casa e me arrastava para a caminhonete da minha tia, que já estava sentada, impaciente para ir embora, enquanto Eusebio terminava de carregar as malas com as roupas.

"Estão prontas? Guardaram suas coisas? Apagaram a luz?", perguntava ela, toda atribulada. E eu: não, não, não. Depois, na volta, ela reclamava: "Não podemos continuar assim". Minha irmã assentia com sua expressão severa e preocupada, eu fingia estar dormindo. Pensava no meu reflexo nos olhos da minha mãe, imaginava que, quando ela me olhava, ela via a si mesma, e, quando eu olhava para ela, me via; mas com seu aspecto. Como dois espelhos um de frente para o outro. "Tudo tem limite", continuava minha tia. E eu podia perceber, mesmo de olhos fechados, que minha irmã estava me observando, estudando minhas reações reprimidas. O que era tudo?, pensava. Se tudo fosse Tudo, não podia ter um limite. Isso era uma contradição.

10

A pastagem onde vive a vaca da campanha fica em El Tigre. Há um responsável, mas ele não está lá hoje. Nem pensei em ligar para avisar que iria, pois, nas duas vezes que visitei o local, o homem sempre esteve lá, como parte invariável da paisagem. Eu o vi dedicar à vaca os cuidados de uma duquesa: dava-lhe banho, escovava os pelos com um secador de ar quente, polia os dentes e os cascos.

A última vez foi há cerca de dez dias para ver a engenheira de alimentos, que também era filha do dono. Ela queria me explicar coisas que eram técnicas demais para usar no meu texto. Depois de enumerar os músculos e tendões do animal, ela me falou sobre uma droga natural para fazer dormir as vacas que mais tarde seriam abatidas; dessa forma, elas não passavam por um matadouro tradicional, mas tinham uma morte tranquila. Por quê? Porque o estresse do abate estragava a carne. Eles queriam que o potencial consumidor se sentisse próximo do alimento, que soubesse de onde ele veio, como viveu, como morreu, mesmo que tivesse nome. Era muito importante saber o que estávamos pondo na boca, disse: "É importante saber que essa vaca foi feliz".

Quem me levou da primeira vez foi Eloy. O cliente tinha ligado para ele da estrada para avisar que estaria em Buenos Aires por algumas horas e nos encontrou na área de pastagem. O homem morava em La Pampa, onde também ficava sua fazenda de gado. O pasto era um lote que ele alugava para guardar a vaca que havia sido trasladada quando se decidiu que seria a imagem da marca de carne de pastagem que ele estava prestes a lançar. Ninguém jamais provaria sua carne, o que significa que, se ela comesse pasto virgem ou ratos podres, era um fato não apenas impossível de ser comprovado mas irrelevante.

Enquanto Eloy e eu esperávamos o cliente dentro do carro — um daqueles com teto de vidro —, tive uma espécie de sensação de irrealidade. Fiquei imaginando quem eu seria se fosse outra pessoa, quem seria Eloy nesse novo cenário e o que nós dois faríamos sozinhos diante daquele céu azul atrás do curral. Talvez parecesse um desperdício estar ali, enfiada naquele carro elegante com Eloy e não com alguém para quem aquele céu azul atrás do curral adquirisse sentido graças à minha companhia. E vice-versa. "Por que você está suspirando?", perguntou Eloy, e eu, talvez por me sentir exposta, disse a ele que não me parecia normal que uma redatora acompanhasse seu chefe para se encontrar com um cliente, e menos ainda fora do escritório, a menos que o chefe pretendesse dela algo mais do que um folheto. "Então por que você veio?", disse ele, visivelmente irritado com meu comentário. A tarde cheirava a eucalipto, embora de vez em quando chegasse um cheiro de lama porque o rio passava perto. "Queria tomar um ar."

É assim mesmo que estamos minha mãe e eu: tomando um ar em frente à porteira fechada. Algumas vacas que não são a minha pastam ao fundo. Eu bato palmas para ver se o responsável aparece, mas não aparece.

— Bem, vamos. — Minha mãe caminha no sentido oposto da pastagem, pelo mesmo trajeto não pavimentado que pegou o táxi que nos trouxe da estação de trem. Vejo-a avançar, como se saltasse sobre seus passos curtos, amortecendo o peso do corpo. Tornou-se redonda. Há mulheres que tendem para a esfera e há mulheres que tendem para a estaca. Minha mãe pertence ao primeiro grupo, é muito provável que eu também vá por esse caminho. Assim de costas, com as calças marrons, o casaco preto, as babuches, pode ser qualquer senhora que passa na rua. E se eu a deixasse ir? Se a deixasse avançar e se perder entre as pessoas da aldeia? E se eu me esconder para espiá-la? Ao se ver sozinha, ela terá que buscar ajuda. É uma boa maneira de testar sua ideia de si mesma e da sua condição. Quando uma criança se perde, vai até um adulto e pergunta por sua mãe: revela tudo o que sabe sobre ela. Minha mãe teria de perguntar por mim, dar minhas características e resumir em três linhas eficientes quem ela é e por que está aqui, perdida num país estrangeiro.

— Vamos para o rio — eu a alcanço —, fica aqui perto.

Caminhamos algumas quadras, que a deixam ofegante, e nos sentamos à beira de um píer com vista para um antigo clube de remo em ruínas. Entrego-lhe a garrafinha de água que tenho na bolsa e ela bebe. Eu bebo também.

— E o que há de tão especial nessa vaca? — pergunta.

Penso um pouco nisso e concluo que nada. Quer dizer, é uma vaca bonita, dentro do padrão — branca com manchas pretas —, mas não faz nada de extraordinário além de mastigar compassadamente um monte de grama verde-escura para indicar que é por esse motivo, por causa da sua dieta natural, que sua aparência e sabor são perfeitos (e "verdadeiros"). Explico que ela cresceu num campo vastíssimo, que criou músculos andando livremente, e que agora tem a missão de redimir sua espécie. As vacas do futuro são semelhantes às do passado, devem viver livres e morrer tranquilas para alimentar as novas gerações, que serão mais saudáveis, mais fortes, mais inteligentes do que aquelas que se empanturraram de vacas de *feedlot*, infladas até rebentar e se derramar suaves, generosas, rosadas, no balcão de aço onde eram desmembradas, depois comprimidas, embaladas a vácuo e distribuídas para o mundo como a panaceia da alimentação proteica.

— Sei — ela assente.

Imagino que esteja se perguntando coisas. Por exemplo, o que significa *feedlot*; mas descarta me fazer a pergunta porque a resposta não lhe interessa muito. Nem a mim. Também não estou interessada em levá-la para ver a vaca, ou levá-la para um passeio no trem. É tudo uma desculpa para sair do apartamento e passar um tempo com ela. Arejar a cabeça e tentar entender. Inspiro, o ar tem cheiro de lama.

— O que eu mais gosto daqui é o céu — eu digo.

— Ah, sim?

Sim. Parece-me que o céu argentino abarca mais superfície do que qualquer outro céu que eu tenha visto. O azul-celeste prevalece sobre as outras tonalidades. Há uma razão pela qual eles escolheram sua bandeira, acho, porque a presença do azul é esmagadora. Lembro-me de León ensaiando o hino do dia da bandeira para a escola: *"Desde el altiplano al sur, desde el mar azul a la cordillera, yo siempre que mire al cielo voy a encontrar mi bandera"*,[2] gritava o menino com a mão no peito e a pose solene que sua professora lhe ensinara. Eu olhava para ele sentada no Chesterfield, a porta de vidro atrás e o fundo de nuvens como evidência.

Minha mãe suspira, fecha os olhos quando inspira o ar e os abre novamente quando expira. Ela parece feliz por estar ali,

---

[2] "Do altiplano ao sul, do mar azul à serra, sempre que olhar para o céu encontrarei minha bandeira". Do hino argentino "Voy a encontrar mi bandera". [N. T.]

sob o manto azul-celeste e diante da água doce e marrom. Uma criatura exótica se aclimatando a um novo habitat.

— O sol está se pondo. — Olha para o horizonte entrecerrando os olhos, concentrando-se na mancha de luz laranja que está prestes a desaparecer.

Mais gente se acomoda em outras docas para assistir ao pôr do sol.

Somos pessoas melancólicas se despedindo de um navio, dedicando frases sentidas e mudas a quem parte: aqui está seu passado irrecuperável, mas vocês não sabem. Lenço ao vento. Se eu fosse alguém menos propensa ao naturalismo, poderia improvisar uma descrição do traçado visual deste pôr do sol para impressionar minha mãe, ou para roubar o momento e congelá-lo: por favor — uma voz fraca que vem de dentro me implora —, não deixe este pôr do sol se parecer com qualquer outro.

Quando eu era mais jovem, era difícil para mim não agir por impulso, mas com o passar dos anos aprendi a domá-lo, me acostumei com a frustração. É melhor assim, porque às vezes o impulso era tão ambicioso quanto querer que o mundo fosse outra coisa. Mas mudar o mundo desde um canto solitário exigia um esforço que me paralisava. Dizem que as mudanças que acontecem de forma individual só têm impacto na realidade se uma grande dose de trabalho diário for empenhada, sustentada ao longo do tempo indefinidamente. Como o das formigas. Esta tarde não quero mais mudar o mundo, só quero mudar algo entre nós. Tampouco sei como fazer isso. Teria de começar capinando o terreno. Teria de encontrar a planície e nela as perguntas, e depois simplificá-las.

O sol se põe, parece ir mais lento do que todo o resto. Parece ter seu próprio tempo.

— Eu não saberia o que fazer com vocês — diz minha mãe.

— Como?
— Eu as mantive dentro de mim. — Ela segura a barriga com as mãos, aquela parte inferior que parece um cinto de carne, um lombo tenro que está prestes a ser fatiado. — Aí cuidei de vocês. Foi o que eu fiz: usei meu corpo e as mantive e protegi. Como qualquer animal selvagem.

A mãe corre pela praia, sobe o barranco com vista para o jardim, pula como uma pantera e cai na clareira que se forma entre as bananas, mangas e tamarindos. Ela levanta a bata, fica de cócoras e expulsa uma ou duas crias sem qualquer dificuldade. Corta o cordão com os dentes, lava as criaturas com a língua e continua correndo.

— Mas chega um momento em que isso não é suficiente — continua —, as pessoas precisam que lhes ponham coisas na cabeça.
— Que coisas?
— Não sei que coisas. Foi por isso que eu as entreguei, para que alguém que soubesse pudesse pôr essas coisas na cabeça de vocês. A longo prazo, todos fazem o mesmo. A gente manda para a escola para que outra pessoa possa fazer esse trabalho que é um mistério.

Eu me pergunto se foi por isso que ela veio. Parece-me uma explicação decepcionante e escassa: três frases contra vinte anos, mais ou menos.

— Não me lembro de nada do que me ensinaram na escola — digo.
— Te ensinaram como conseguir as coisas. Isso é bom, você tem que saber como conseguir as coisas, porque é disso que se trata. Não sei como conseguir nada. Vicky sabia, era ambiciosa.

Você tem que ser ambicioso, quando perde a ambição te chamam de louco.

— Tá.

Depois degola uma galinha, pendura-a de cabeça para baixo numa árvore para que o sangue escorra pelo bico. Tira suas penas, o tronco, lava cada presa com água salgada e as coloca alinhadas num balcão de pedra.

— Vocês cresciam e sabiam das coisas. Eu, por outro lado, estava sempre na mesma situação. Pendurava suas roupas no sol para que vocês as sentissem quentes, aquecia a água para que tomassem banho de manhã e assim as salvava do primeiro frio, cozinhava coisas para vocês que eu achava que eram saborosas... Vocês estavam para assuntos mais elevados. Para mim, alimentá-las era uma missão elevadíssima. Mas então vocês tinham opiniões, saíam com a ideia de que a gordura animal era ruim, que pés de galinha eram uma porcaria. Eu pensava, talvez elas estejam certas. Me dizia: "Não se preocupe, você vive numa caverna e, toda vez que elas vêm, te trazem luz".

As filhas a observam de dentro de casa: uma come um pedaço de pão, a outra faz uma trança com flores.

— ... eu pensava: da próxima vez que vierem eu vou falar isso, vou fazer aquilo; vou lavar o cabelo delas com água de coco e vou penteá-las, mesmo que não queiram. — Ri com uma risada infantil, como se tivesse acabado de dizer algo muito impróprio. — Porque, quando iam embora, eu sempre permanecia com a sensação de que tinha ficado alguma coisa pendente. Você me entende?

Para o Natal, a mãe limpa um pequeno cordeiro, tirando suas tripas escuras. Unta o corpo oco e o recheia com ameixas, arroz, dentes de alho. Lava os braços para se livrar do sangue seco, da gordura velha, da crosta de sujeira. Há lâmpadas coloridas nas árvores. Há uma festa acontecendo na casa.

Tenho feito anotações para a proposta de bolsa.
Abandonei a ideia do diário. Parece-me forçado registrar o tempo em que as coisas transcorrem. É dar como certo que há um só tempo, ou que ele avança em apenas uma direção: para a frente, e que nada pode rompê-lo. Não sabemos nada sobre o tempo. Pode ser que não avance, pode ser que não exista.
Agora, nas minhas anotações, há uma personagem que eu chamo de "a mãe". Mas ela não é minha mãe. Parece um pouco, mas não é. Minha mãe não fazia essas coisas. Ela sentava e observava outra pessoa fazer. Dava, inclusive, algumas instruções precisas: "O corte é vertical, no sentido do osso". Ou: "Tire os rins para que não fique amargo". Mas ela não punha as mãos na carne, porque não era habilidosa. Não me lembro em que ela era habilidosa. Em olhar, talvez. Ela ficava olhando o tempo todo.
Sempre achei que essa era minha habilidade também.

— ... eu não conseguia pensar no que dizer para vocês na hora, só me lembrava disso depois. Quando vocês já não estavam mais. À distância, tudo é fácil. — Suspira. — Você entende o que estou dizendo, nena?
Entendo. Não é a conjectura de Hodge.
— ... só que vocês não vieram mais.
Estamos muito próximas, não me lembro de ter estado tão perto dela assim. Fisicamente perto, quero dizer. Sinto seu

cheiro de rosa-mosqueta. Na minha família, o afeto não era costume. Respeitávamos as distâncias, éramos mesquinhos no contato. Quando comecei a frequentar a casa das minhas amigas e via exibições de abraços, beijos e carícias, preferia olhar para o outro lado. Especialmente quando estávamos numa piscina — todas as casas das minhas amigas tinham piscina — e os corpos roçavam uns nos outros com muita facilidade. A sensação era de que todos — pai, mãe, irmãos — estavam se despindo na minha cara e passavam as mãos uns nos outros.

Acho que, se minha irmã nos visse ali do seu cruzeiro, não acreditaria. Embora essa proximidade seja, como toda proximidade, uma questão de perspectiva. Do cruzeiro, no meio do mar, minha irmã nos veria tão perto quanto as estrelas estão no céu, mas quem não sabe que as estrelas estão separadas por uma imensidão negra e vazia?

— Olhe — diz minha mãe, apontando para o horizonte.

Há uma fenda vermelha. A cicatriz que se forma entre o rio e o céu antes de se fechar. Essa é a prova de que o espaço entre nós duas pode ser preenchido com mais do que apenas fumaça. É isso? Nada mau. Mas, como não tenho certeza de que estamos olhando para a mesma coisa, pergunto a ela:

— O que eu devo olhar?

— O mundo! — ela responde, de repente entusiasmada. — Às vezes é lindo, não é?

11

Minha mãe voltou cansada do passeio e foi dormir cedo. Liguei para Axel, perguntei se eu poderia ir vê-lo e ele disse que sim.

Olho para a cama, o vulto no escuro, tentando adivinhar o que minha mãe está pensando enquanto adormece. O que está lá no momento anterior à queda na inconsciência; o que está ali, justo ali, antes do abismo. Ronca.

Entro no banheiro tentando fazer o mínimo de barulho possível: tomo banho, enrolo o cabelo numa toalha quente e sento no vaso sanitário para tirar o esmalte. É difícil de remover, especialmente nas dobras entre a unha e a pele. Demoro uma eternidade.

Por volta das dez horas, saio do apartamento e pego um táxi: serão cerca de vinte minutos pela avenida Libertador, com os olhos colados naquelas árvores que parecem mais densas à noite.

Lembro-me de que no dia em que conheci Axel pesquisei no Google o nome dele. Não seu nome e sobrenome, apenas seu primeiro nome, Axel, para descobrir o que significava. Tem dois significados. O primeiro é bíblico, vem do hebraico Absalão, que significa "pai da paz". Mas, na tradução literal, significa "machado de guerra". Como pode significar duas coisas tão opostas? Naquela época comentei isso com Marah, que em geral tinha respostas para tudo. Ela ficou pensativa, e então me disse na sua voz aristocrática — ou seja, alguns tons mais altos do que o resto da plebe: — Você pesquisou corretamente no Google?

O tempo em que estou saindo com Axel é mais ou menos o mesmo que eu não vejo Marah. Talvez eu esteja reproduzindo aquele tique adolescente de abandonar as amigas pelos namorados da vez. Marah é uma daquelas meninas brilhantes com uma infância difícil, mas num sentido mais abstrato do que qualquer uma das infâncias difíceis que eu já conheci. Marah não era espancada nem abusada, nem sequer a tratavam mal; ela só foi abandonada numa casa confortável, cheia de livros e almofadas. A mãe viajava, o pai viajava, os namorados da mãe e as namoradas do pai também viajavam. "Mas para onde?", perguntei. Não queria saber os destinos, mas entender o significado da viagem: uma coisa era fazer turismo, outra era ser diplomático. Marah não se deu ao trabalho de me responder. Isso deveria ter sido suficiente para que eu aceitasse sua tendência a confundir todas as suas relações — com o psiquiatra, com seus colegas, com seu acupunturista, até comigo — que lhe davam uma chance de se curar e salvar e, se houvesse uma rachadura em que existisse essa possibilidade, de saciar sua fome de sexo tempestuoso e ilícito. Quando Marah ficou órfã — o pai teve um ataque cardíaco, a mãe uma overdose —, ela passou noites inteiras chorando no meu sofá e eu achei insólito. Fazia muitos anos que não via os pais. Graças à enfermeira que lhe deu a notícia do pai, ela também sabia que nem tinha sido a primeira pessoa a ser avisada. Quem foi a primeira? Sua mãe, que estava se reabilitando no Uruguai e morreu alguns meses mais tarde. Depois, a namorada do pai na época; depois a ex-namorada, depois o sócio. Quando teve de fazer a lista de pessoas próximas, o pai a deixou em quinto lugar. "Esquece, eles já estavam mortos", eu disse. E Marah parou de chorar, assentiu com a cabeça: "Você tem razão". Mas depois de um tempo ela me olhou com os olhos tão inchados que parecia ter sido espancada, e acrescentou: "Sua sensibilidade está entupida como os canos de uma casa velha".

O que Marah acharia da visita da minha mãe? Qual seria seu diagnóstico?

Axel abre a porta, vestindo um avental que é um pouco pequeno demais para ele. Axel é grande, não tanto em altura, mas em tamanho. Sua compleição física é a de um gladiador. Ou assim me parece. Quando mostrei a Marah sua foto, ela o considerou mais do tipo homem das cavernas. De qualquer forma, eu disse, eu gosto. "Gosto de homens grandes", foi o que eu disse. Quando a frase saiu da minha boca, parecia uma descoberta. Pensei: Valorizo a constituição física do Axel da mesma forma que valorizo um colchão de boa qualidade em detrimento de um colchonete. Acho o corpo dele confortável.

— Você chegou rápido. — Ele me dá um beijo.

— Não tinha trânsito.

Lá dentro, o cheiro é bom. Está cozinhando algo. Não consigo ver o quê, pois, uma vez na sala, Axel me leva para o sofá e transamos. Aquele tipo de sexo apressado que nos acontece com frequência, como se tivéssemos de nos livrar dele, limpar o organismo para que possamos funcionar como pessoas normais depois. As últimas três vezes que nos vimos tinham começado da mesma forma. Sexo no carro dele, sexo no meu sofá, sexo no sofá dele. Sexo arriscado, mas por que apontar o óbvio? Se você anda à beira de um precipício, não se deleita com a vista.

— O que você anda fazendo? — ele me pergunta quando estamos vestidos e sentados à mesa, comendo carne, batatas e salada.

— Em que sentido?
— O que você preferir.
— Estou fazendo esse negócio da vaca.
— Está avançando?
— Acho que sim. E você, o que anda fazendo?
— Um lance com baleias.
— O quê?
Acho que ouvi mal.
— Vou filmar baleias.
Sua voz tem o tom vitorioso de quem anuncia que ganhou um prêmio.
É difícil para mim engolir. De repente, sinto a carne emborrachada, mesmo que segundos atrás tivesse parecido uma garfada perfeita.
— Ah, sim? — digo.
— Sim — ele encolhe os ombros —, é para um grande projeto, grana boa.
Gostaria de saber se Axel me falou desse projeto e eu esqueci, ou se isso de ir embora de repente é algo que é permitido entre nós, mesmo que nunca tenha sido falado — ou justamente porque nunca foi discutido.
— Um documentário?
Axel balança a cabeça, hesitante.
A palavra documentário aparece diante dos meus olhos como um sinal de néon pela manhã, estridente e doloroso.
— Tipo isso.
Quero dizer a ele que odeio documentários sobre animais.
Em vez disso, mastigo e engulo.
Detesto especialmente quem faz documentários sobre animais: estão convencidos de que o planeta seria perfeito se fosse habitado apenas por essas criaturas. Fariam dele um lugar

vigoroso e esperançoso, e não o músculo exausto em que nós humanos o transformamos. Que ingenuidade.
— E onde estão as baleias? — pergunto.
Que prepotência.
— Depende. Na primavera estão em Puerto Pirámides, no sul.
Faltam duas estações para a primavera. Muitas folhas para cair.
Quando ele vai partir? Por quanto tempo?
Penso em León chutando a pilha de folhas secas: vejo-as subindo, pousando e farfalhando como promessas quebradas. Vejo o rosto de Susan, sempre ensombrecido demais por outros pensamentos para notar as graças do seu filho.
Poderei visitar Axel? É uma pergunta prematura e arriscada. Deixo passar.
Marah diz que o sucesso de um relacionamento está em jogo no momento em que se toma a decisão de incinerar o romance: "Assim que percebe que está chegando, você joga um galão de gasolina nele". Se nesse momento você o deixa seguir, é o mesmo que pegar o galão de gasolina e jogá-lo em si mesma. E depois o fósforo. "Autoimolação", me instruiu uma tarde, quando estávamos recostadas na minha varanda ao lado do varal úmido, observando uma nuvem se mover como uma ameba gigante, "esse é o nome científico do amor."

Depois do jantar, vamos para sua cama e agora assistimos a uma série que nos aborrece, embora nenhum de nós a desligue. Na série, as pessoas são bonitas, bem-sucedidas, brancas, educadas e ricas, mas estão tristes. Todos, muito tristes. Eu detesto a tristeza, acho exagerada. Estou mais familiarizada com a raiva. Posso entender melhor o que acontece com Susan e León do que o que acontece com Marah. Ou com minha mãe.

E Axel? O que acontece com Axel? O que acontece comigo? Deito-me de lado e ele me imita: nos olhamos de frente e isso nos parece fácil. Como um movimento vital e não um épico íntimo que poucos conseguem sustentar. Olho meu reflexo nos seus olhos, até que ele os fecha. Somos iluminados pela luz instável da tevê. Gosto muito de Axel, mas tenho medo de não lê-lo direito. Não porque eu tenha detectado algo confuso ou ilegível, mas porque não o conheço, nem ele me conhece. Entre os dois há um deserto de incertezas. E se ele se revelar um cara mesquinho e controlador? Ou um daqueles homens que dão cantadas em garçonetes? E se ele for e não voltar? E se ele for e voltar diferente?

É sempre possível ler a mesma situação de forma oposta e não perceber. Na primeira manhã em que acordei com Axel, ele me disse que estava feliz com minha "aparição", porque ultimamente estava farto. Pensei: Farto de quê?, mas como também me sentia bastante farta, disse: "Eu também". Quando nos olhamos daquela vez — do mesmo ângulo que acabamos de nos olhar —, tenho certeza de que nós dois nos perguntamos se estávamos falando da mesma coisa.

— Você conhece a lenda da origem das baleias? — digo.

Abre os olhos, devagar:

— Não.

O rei do mar perdeu a esposa no parto do seu filho. O menino chorava de fome, e o rei do mar saiu para pedir ajuda ao rei da terra, que lhe enviou uma manada de vacas que daria leite à criança em troca de corais e pérolas. Mas a maioria das vacas se afogava quando entrava no mar, eram pesadas, não sabiam nadar nem respirar debaixo d'água. O rei do mar, desesperado, cortou-lhes as pernas para que pesassem menos e fez um buraco nas costas para que pudessem respirar. Nas poucas que sobreviveram cresceram barbatanas em vez de patas e, pelo buraco, jogavam a água que engoliam por baixo, quando saíam à superfície.

Axel ri:

— De onde você tirou essa invenção?

Volta a fechar os olhos. O sorriso permanece no seu rosto. Sua expressão é a de alguém que está se lembrando de uma piada ou de um momento feliz. Mas depois de alguns segundos, embora seu gesto não varie muito, ele parece estar imitando a felicidade e não a sentindo. Desligo a tevê e me viro. Ele faz o mesmo. Nossas costas se tocam. Penso na foto dos fetos siameses de Diane Arbus. Me descolo dele. Olho pela janela. Lá fora há uma árvore dourada que cobre as fachadas da frente. À noite é uma cortina frondosa, de dia é um brilho ofuscante.

Minha mãe está dormindo na minha cama, nessa mesma posição: de frente para a janela que dá para a varanda, que agora tem as persianas abaixadas.

Quando me mudei, quis tirar as persianas e instalar cortinas de algodão branco; gostaria que sempre entrasse alguma luz, e gostaria que, quando me levantasse, pudesse ver o céu sem muita definição. "Ponha algo entre o exterior e o interior, nena", encorajou-me a mulher da imobiliária quando me entregou as chaves, "algo que filtre sua vista." Estávamos no meu quarto olhando pela janela. Assim vazio como estava, o apartamento era de uma grosseria insuperável. O sol batia na varanda, entrava pelas janelas e iluminava os acabamentos medíocres no interior, especialmente o pastiche de borracha branca que se formava nas juntas das paredes e dos rodapés. Com exceção do piso de pinho, que estava muito bem conservado, o restante era de terceira categoria: os móveis da cozinha e do banheiro eram de fórmica "imitando madeira" e, em algumas partes, a placa havia se levantado, formando bolhas de ar. As lajotas da varanda estavam entre as mais baratas do mercado, mas o fato de serem vermelhas dava a impressão de que o construtor havia planejado esse detalhe distinto para preservar aquele espaço do seu destino cinzento. Pensei num arquiteto, ou melhor, uma arquiteta, aferrada até os dentes à sua dignidade estética, tomada por um arrebatamento no corredor do Home Center, escolhendo caprichosamente algo vistoso: "Vai ser barato mas vistoso". Ela pensaria que essa piscadela equivalia a se interpor no trajeto da bala que condenaria seu projeto a uma existência completamente vulgar. No futuro, algum inquilino como eu entraria no apartamento e pensaria: é horrível, mas a varanda o salva.

— E o que aconteceu com o menino? — Axel fala comigo, meio dormindo.

Eu me viro, encontro as costas dele.

Adoro suas costas, lisas e contínuas como uma salina, levemente salientes nas escápulas. Uma noite lhe perguntei como conseguia ter aquela pele. "É a alimentação", foi sua resposta, aceitando meu elogio sem pudor. Pensei: Axel está consciente do seu corpo e se sente confortável nele. O que isso significa? Não faço ideia. É bom ou ruim? Não faço ideia. Mas nem sempre foi assim, ele me disse naquela noite. E me contou que quando era criança costumava ter espinhas. No rosto, nos ombros, nas costas. Quando alguém o cumprimentava com um daqueles tapas fraternos, cúmplices e masculinos, esmagava suas espinhas e isso o machucava tanto que ele chorava. Um médico lhe disse para parar de comer um determinado tipo de gordura presente em certos tipos de alimentos cuja lista era extensa, mas, felizmente, rara nas suas refeições. Assim ele se tornou aquela estranheza que é um homem com pele de porcelana impecável. Para Marah, um oximoro. Nas minhas constantes conversas iniciais sobre Axel, ela sempre tinha algo a contribuir para diminuir minhas expectativas, ou seja, para me salvar da decepção que, mais cedo ou mais tarde, iria me atingir: "Um homem é uma coisa áspera contra a qual a gente se esfrega para ficar mais suave, *not much more!*".

— Que menino? — digo.

— O filho do rei do mar — murmura Axel.

— Ele viveu e reinou.

É muito tarde. Calculo três, quatro horas da manhã.

Perdi o sono. Fecho os olhos e invento um sono para mim: por volta do meio-dia, me despeço de Axel, entro no táxi e vou para o meu apartamento. Quando abro a porta, volto a encontrar Axel sentado no Chesterfield, conversando com minha mãe. Estão rindo. "Por que você não me disse nada?", diz Axel, divertido, e eu tento responder, mas minha mãe se adianta: "Não há nada a dizer", ela sacode a mão, "estamos todos aqui, estamos todos bem." "Cadê a Ágata?", pergunto, tomada por um pressentimento horrível. Corro para a varanda, me assomo ao parapeito e a vejo esmagada contra a calçada, de barriga para cima, atravessada por um talho por onde escapam dezenas de gatinhos.

— Pelo amor de Deus — abro os olhos —, Ágata.

— Quem? — Axel pergunta.

Não digo nada.

12

Já passou do meio-dia. Axel se oferece para me dar uma carona, mas eu recuso.

— Quero tomar um ar — eu digo, e ele levanta os antebraços, me mostrando as palmas das mãos, como se dissesse: não serei eu a ficar entre o ar e seu nariz.

Antes, tínhamos tomado um mate; ele me ofereceu doces, mas eu não quis. Comi uma tangerina, ele comeu banana e kiwi e uma mistura de sementes que sua nutricionista havia preparado para ele. No fim, comeu uma medialuna, o que me aliviou. Pensei que, se esta era a última vez que o via, não queria ficar presa à imagem de um cara que resiste aos carboidratos.

Seu plano de hoje é ir nadar.

Depois, terá uma chamada de vídeo com os produtores do projeto das baleias. São suíços, ou finlandeses. Não prestei atenção quando ele disse. As datas serão definidas nessa reunião.

— Tá.

Dou uma olhada na sua casa: o sofá cinza, as escadas de madeira que levam ao andar de cima, ao seu quarto, seu banheiro cheio de xampus de aromas cítricos; as janelas altas com vidro embaçado; os lustres de teto brancos, bem como as paredes:

estranhamente vazias para a casa de um fotógrafo. Os quadros que ele tem estão apoiados num canto da sala, empilhados uns sobre os outros, alguns ainda envoltos em papel-filme. Parece que acabaram de chegar de uma mudança, ou estão prestes a serem levados. Quase todos são presentes de colegas. "Em casa gosto de descansar os olhos", disse-me quando lhe perguntei sobre as paredes nuas, "de limpar meu paladar."

Olho para tudo de novo com a mesma curiosidade da primeira vez porque tenho a sensação de que pode ser a última. Nesse caso, não quero esquecer nenhum detalhe. Para quê? Para ter algo a que me aferrar quando sentir falta dele, penso eu, num arrebatamento de drama.

— Quando nos vemos? — Axel me diz, estendendo a mão para tirar um pedaço de cabelo que cai na frente do meu ombro, como se estivesse me preparando para um retrato.

Eu me pergunto se ele está fazendo com minha cara o mesmo que estou fazendo com a casa dele. Memorizando-a.

Imagino que ele vá pegar a câmera e tirar uma foto minha, que depois esquece. Mas um dia, limpando cartões de memória, ele me encontra lá, com os olhos cheios de perguntas que nunca fiz. Poderia levar meses até que se deparasse com meu rosto novamente. Dá para esquecer um rosto em meses? Não o conjunto, mas sim os detalhes. Recuperar todos os detalhes é impossível, é tentar abarcar todas as constelações de uma galáxia. Quando reencontrasse meu rosto, ele me reconheceria, é claro, mas seria surpreendido por alguma característica ou gesto ao qual talvez não tivesse prestado tanta atenção na época. Então quem sabe ele encontrasse a chave do que não fechou, que ele não entendeu direito, que o impediu de ficar comigo em vez de ir filmar baleias.

O que me falta?, penso. Por que não me escolhe?

— Em breve — eu digo.

— Quando? — ele insiste, reclinando a cabeça.
Sou uma vela que se queima sob o olhar impassível do outro.
— Não sei.
— Nos falamos mais tarde?
— Ok.

Quando chego ao prédio, encontro León sentado no degrau da porta da frente. Ele parece entediado, ou com raiva. Muito provavelmente, não consegue decidir qual das duas sensações o irrita mais e o obriga a se recolher em si mesmo como uma daquelas plantas que se fecham quando tocadas. A mulher do transporte escolar anda de um lado para o outro pela calçada, com o telefone no ouvido. Acho que está falando com Susan, diz que não pode esperá-la tanto tempo, que tem outras crianças para levar embora.

— Oi — me diz León.
— Oi — respondo —, o que você está fazendo aqui?
León encolhe os ombros, se fazendo de desentendido.
Que pergunta mais idiota. O que ele estaria fazendo ali? Como a pobre criatura pode responder a isso? Assim como ele fez: com fingido desinteresse.
A mulher do transporte se aproxima.
— Espere um pouco, não fique nervosa — diz ela ao telefone num tom que tenta ser tranquilizador, mas sai abruptamente.
— Aqui está uma garota falando com León. — Ela se dirige a mim: — Você é a babá?
A voz de Susan pode ser ouvida do outro lado, mas não escuto suas palavras. A mulher diz: "Já te passo". Ela me dá o celular.

No apartamento, León se livra da mochila, dos sapatos, do moletom e da jaqueta como se estivesse perdendo camadas de pele à medida que avança. Eu o sigo, não pego as coisas dele, apenas as vejo cair no chão. Eu me pergunto onde está minha mãe. A porta do quarto está aberta, tudo está limpo e arrumado. Vou até a cozinha, está vazia. Quando volto para a sala, inadvertidamente piso na blusa de León, que ficou torcida numa careta assustada. León já está acomodado no sofá, sentado na posição de índio, com os cotovelos apoiados nos joelhos e o queixo nas mãos. Bufa:

— Você ainda não tem tevê?

— Não, mas tenho algo melhor. — Abro a porta de correr e saio para a varanda, onde Ágata dorme ao sol. León se levanta de um salto e me segue. Se lança sobre a gata como um galgo sobre uma lebre, e Ágata tenta fugir, mas León chega primeiro.

— Você voltou! — Ele a abraça com tanta força que Ágata chia. No final, ela cede e se deixa acariciar pelo menino, que automaticamente recupera seu bom humor, como se sua mãe nunca o tivesse esquecido na calçada.

— Vou fazer algo para petiscar. — Entro.

Vejo minha mãe parada na porta da cozinha. A presença dela me assusta. Já cortou fatias de pão, colocou manteiga na manteigueira e tirou o presunto e o queijo. Há também um prato com cubinhos de petiscos. Tudo disposto na bancada.

— Uau — eu digo.

Ela sorri para mim. O golpe no rosto reapareceu. Que caprichoso. Vai e vem como quer. Estendo a mão para tocá-lo, é um impulso que não consigo reprimir. Sou atraída pela turgência da pele na maçã do rosto: esticada, brilhante e lisa como plástico. Ela não se mexe, deixa-se tocar; quando minhas pontas dos dedos entram em contato com a pele dela é como se eu estivesse tocando meu próprio rosto, uma leve dor no osso que me faz piscar. Nesse piscar de olhos, que dura segundos, fico impressionada com imagens que passam rápidas, mas nítidas:

Minha irmã me pegando pelos ombros, me afastando daquele quarto escuro que dava para o mar e para a tempestade, ruidosa como uma ovação. Minha irmã e eu sentadas num tronco oco, sob as bananeiras e palmeiras e a borracha que gotejava cuspes pegajosos, e, acima de tudo, a lua: uma pincelada brilhante no escuro. Minha irmã e eu ofuscadas pelos faróis altos de uma caminhonete que se aproximava rapidamente, buzinando alto: "Até que enfim", dizia minha irmã, e apertava minha mão.

— Ela se foi! — León grita do lado de fora.

Eu saio e esbarro com ele no corredor: está com os dois braços esticados para a frente, me mostrando alguns arranhões.

— Vamos te lavar. — Eu o levo ao banheiro e lavo seus braços com água e sabão.

— Eu não fiz nada com ela — diz —, eu a acariciei e ela fez isso comigo.

— Às vezes ela fica arisca.

— Mas por quê? — insiste com a voz embargada. — Se eu não fiz nada para ela.

Passo-lhe um spray desinfetante e ele reclama do ardor. Pego uma gaze e dou a ele:

— Seque isso.

Obedece em silêncio.

Quando voltamos para a varanda, a mesa está posta. Um sanduíche cortado em triângulos, uma cumbuca com tomates-cereja e o pratinho de petiscos. León olha para tudo um pouco confuso. Meus "lanchinhos" tendem a ser mais austeros. Eu falo para ele sentar, que vou buscar água e já volto. Mas, quando entro, minha mãe vem com um copo de chocolate. Voltamos juntas para a varanda, sentamo-nos. Ela apoia o copo sobre a mesa, León o agarra e o toma com prazer.

— Deixa eu te apresentar minha mãe — eu digo.

Ele para de beber, olha para nós e ri como se estivessem fazendo cócegas diabólicas nele. Ele volta ao seu copo e o bebe em goles lentos e contínuos. Olho para minha mãe com perplexidade, porque ela está rindo também.

— Do que estão rindo? — pergunto.

Minha mãe levanta as mãos num gesto de impotência, como se dissesse: "E eu sei lá".

Logo Ágata aparece, de pé no muro divisório dos vizinhos. Tem algo na boca que ela joga no chão com um golpe forte e pesado: uma pomba gorda, imensa, que treme enquanto agoniza.

— Que nojo — diz minha mãe, e corre para dentro de casa. Acho que ela vai pegar um saco para jogar fora o pássaro morto, mas demora para voltar.

— Não se mexa, não toque nela — digo a León, e entro na casa, na cozinha. Procuro luvas plásticas e um saco. — Mãe? — chamo. Ninguém responde.

Ela está apavorada com a gata, que coisa absurda. Na sua casa, cobras apareciam enroladas no chão do chuveiro. Havia também uma raposa presa no teto que galopava a noite toda de um lado para o outro — tacatum, tacatum, tacatum. "São os mortos", nos dizia a Machi quando minha irmã, desesperada, tapando as orelhas, lhe pedia que, por favor, pegasse a espingarda de Eusebio e atirasse no animal.

Quando eu saio, León ainda está na mesa e Ágata come da sua mão. Devora um petisco. Imagino que não vai lhe cair bem e já me vejo mais tarde limpando o vômito. A pomba se foi.

— Cadê o pássaro? — pergunto a León.

— Não sei. — Levanta os ombros.

— Um pássaro morto não pode fugir, León, onde você o colocou?

Fico com raiva. Sinto minha cabeça esquentando e quero sacudir León para exigir que ele devolva a porra do cadáver. Já virou meu dia de cabeça para baixo o suficiente. Eu bufo e vou até o muro divisório. Apoio as mãos na borda superior para ganhar impulso, pular e olhar para o outro lado. Lá está ela. A pomba gorda, morta, ensanguentada, deitada como uma mancha na varanda de Erika. Eu amaldiçoo tudo. Tenho que tirá-la imediatamente para evitar outra discussão constrangedora no corredor. Para evitar uma reclamação no condomínio ou uma denúncia na prefeitura.

Pego uma cadeira, subo, passo para o outro lado e ponho as luvas para pegar a pomba.

Há plantas aqui. Muitas. Lindas. As janelas têm cortinas com um padrão imperceptível que, no entanto, dá uma trama romântica ao que está por trás delas. A sala e a cozinha são um só espaço, amplo. Há um tapete listrado de cores vivas, uma longa mesa de jantar com tampo de mármore e madeira natural, móveis de carvalho com almofadas amarelo-limão e desenhos infantis emoldurados nas paredes. Um sobrinho, acho. Vou até a janela do quarto, pressiono o rosto e protejo-o com as mãos para evitar meu reflexo e enxergar melhor. A cama tem uma colcha tricotada de cor violeta. Nas mesas de cabeceira há algumas lâmpadas de leitura muito bonitas. Eu as conheço, são italianas. Tenho certeza de que eles trouxeram de alguma viagem, pois aqui não existem. O que Erika e Tomás fazem para viver? Quatro anos morando ao lado deles e nunca me perguntei. A casa é linda. Não se parece com eles. A porta do banheiro se abre e Erika aparece: seus olhos ansiosos voltados para os meus. Impulsivamente me inclino para trás, corro para o muro divisório, subo, pulo para o outro lado e esqueço a pomba.

13

O parque está cheio de crianças, babás e maritacas.

León não entendeu por que tivemos de sair com tanta pressa para dar um passeio, mas também não resistiu. Agora, aqui, ele parece feliz. Há algum tempo ele brinca com uma bola que ninguém veio procurar ainda. Abraço sua mochila. Antes a abri: há dois cadernos — um azul, outro vermelho — e um estojo. Hoje ele usou o caderno azul. Pôs a data e a lição do dia:

O transparente deixa a luz passar.

O opaco não deixa a luz passar.

O translúcido deixa passar um pouco de luz.

Tem uma tarefa: encontrar e classificar objetos de acordo com essas qualidades.

Começo a fazer isso na minha cabeça: a janela é transparente; a persiana é opaca; a cortina de Erika é translúcida.

É um parque lindo, apesar de malcuidado. Mas as crianças não veem isso, as crianças só veem outras crianças, e elas se medem e se aproximam e se cheiram como cachorros nas praças. Mesmo que não entrem em contato um com o outro, que não brinquem, que nem se falem, há algo no gesto de se cercar de outras crianças que lhes faz bem e muda seu humor.

Meu celular vibrou quatro vezes. É um número desconhecido e não respondo. Podem ser Erika, Máximo, Susan. Pode ser minha mãe também.

León chuta a bola para longe e corre atrás dela. Afugenta alguns pássaros, que levantam voo. Tenho de me levantar e segui-lo. Ele corre tão rápido que me obriga a correr para alcançá-lo.

— Devagar — digo quando estou ao lado dele.

Diz ok, mas não desacelera. Pega a bola e continua chutando, desta vez contra um muro no fim do parque que tem uma aranha gigante desenhada numa chuva de cores. Sento-me novamente em outro banco, de onde posso ver León de costas e a aranha de frente.

A essa altura, Axel já deve saber seu cronograma com as baleias. Se não me ligou para me avisar, é porque acha que não é apropriado me avisar. Quem eu acho que sou? O pedaço de carne que ele tem mastigado esses meses — *not much more*. E ele, quem caralho ele acha que é? Em todo esse tempo eu estava tão absorta em me sentir olhada por Axel que eu mesma o perdi de vista. Talvez Axel estivesse apenas olhando para o vazio. A capacidade de autoengano é infinita. Estou com raiva e magoada como uma vítima de estupro. Ultimamente fico com raiva com facilidade. "Ultimamente" é um período confuso em que há espaço para várias irrupções. Até pouco tempo atrás, minha vida era um veículo pequeno que circulava por uma faixa mais ou menos segura. Agora parece um caminhão que pode derrapar a qualquer momento.

Eloy. Também pode ser Eloy quem liga no telefone. Amanhã é o prazo final para o texto da vaca feliz.

Meu trabalho é horrível.

— León! — grito. O menino não me dá a menor atenção. Então grito mais alto e várias cabeças se voltam para me olhar com olhos de pânico. León vem em minha direção, com os olhos no chão, envergonhado. Horrorizado, talvez. Seus passos são curtos, mas rápidos. Agarro-o com força pela mão e me pergunto se foi ele mesmo quem atirou a pomba morta do outro lado. Eu o acusei sem dar tempo para ele se defender. Apontei-lhe o dedo e o repreendi como se não fosse filho de outra pessoa; o filho de alguém com uma sensibilidade tão frágil. Então o apressei para vestir a blusa de moletom e sair do apartamento antes de Erika. O elevador estava no seis, então descemos um lance de escadas e depois entramos. Fugimos em silêncio, como criminosos. Agora me lembro do seu olhar intrigado e tenho dúvidas.

Se não foi ele, foi minha mãe.

— Vamos, rápido — digo agora —, temos que voltar.

A mesma coisa que aconteceu com o rato. Mas em que momento? Por quê?

León murmura algo que eu não entendo.

— Não estou te entendendo — digo.

Ele repete aquela frase incompreensível com os olhos ainda cravados no chão, gesto que me enfurece mais. Eu amaldiçoo Susan por me pôr nessa situação. Revivo seus apelos histéricos pelo telefone, seu timbre exacerbado no meu ouvido. Aperto a mão de León e acelero o passo. Se você não pode cuidar do seu filho, "pombinha", não tenha filhos.

— Me solta! — León grita e se safa.

Já estamos do lado de fora do parque, vamos atravessar a rua assim que o semáforo mudar. Eu olho para ele. Está chorando. Nas suas calças há uma mancha de urina que desce até sua bota e pinga.

— Eu te disse, eu te disse — ele repete —, mas você não me ouviu.

Eu me agacho e o abraço com força. Tenho vontade de chorar com ele e é isso que faço. A gente se aferra um ao outro, porque não há mais ninguém. Nós dois nos transformamos num embrulho quieto do qual as pessoas se esquivam com aborrecimento, um poste mal colocado numa esquina agitada, um cisto espremido na circulação atordoada da cidade. Três pobres metáforas que, ainda por cima, choram com um desconsolo que não condiz com o incidente. Me dá vontade de explicar isso para León, que o bom do choro é que ele varre tristezas entaladas que nunca são as do momento, mas outras: choramos pelo que aconteceu e pelo que nem sabemos que vai acontecer. E, quanto mais intenso nosso choro, mais poderosa é a corrente que varre tudo. É por isso que eu não o reprimo. Choramos de coração e sem vergonha. Tragamos um rio e agora temos de expulsá-lo para nos livrar do mau gosto, para nos esvaziar e curar. O semáforo muda três vezes até que possamos nos levantar e seguir em frente.

— Passei muito tempo batendo na sua porta — diz Susan, com os braços cruzados num gesto acusatório. — Quase a derrubo.

Estamos no seu apartamento. León entrou sem cumprimentá-la, sentou-se num sofá desbotado e ligou a televisão. Susan não tem varanda, mas sua sala de estar é maior. Cheira a desinfetante. Há alguns enfeites dispostos com descuido: um buda de plástico, um porta-guardanapos vazio, o gato dourado que acena. Há uma mesa baixa cheia de envelopes com notas, giz de cera gasto e uma xícara de chá cheia de cerveja.

Susan diz que ficou muito assustada, porque ela não atendia o celular nem abria a porta, embora se escutasse barulho lá dentro.

— É o vento — eu digo —, saímos rápido e deixei as janelas abertas.

Ela olha para León pelo canto do olho, concentrado na tela. A mancha está seca, mas visível.

— O que é isso na calça do León? — sussurra. — Por acaso é...? Não termina.

— Eu tenho que ir — digo.

— E esses arranhões nos braços dele? — continua.

Fico espantada que em cinco segundos ela tenha escaneado o filho com tanta minúcia. Só por fora, acho. Desse jeito, qualquer um. Seu filho tem lição de casa, Susan: isso é mais do que você sabe. Ganhei de você. Dá vontade de contar para ela que o menino chorou por dez minutos seguidos porque ela o abandonou com uma desconhecida.

— A gata arranhou ele — me encaminho até a porta —, peça para ele te contar.

— Mas está tudo bem? — insiste. Ela agarra meu braço para me segurar. Eu me solto, fico com raiva. Como "tudo bem"? Justo ela me pergunta isso? Não tem provas suficientes em contrário? Respiro. Tento reter o conjunto do que vejo:

A careta no rosto de constante aborrecimento.

As raízes pretas nos seus cabelos loiros.

As roupas surradas e ásperas.

Os olhos tão encovados que nem valia a pena tentar resgatá-los.

O menino ao fundo, como uma mancha na sua vida.

— Tenho que ir — repito.

Saio rápido para não cruzar com Erika. Imagino-a me caçando no corredor, no elevador, no saguão do prédio. Ando vários quarteirões, entro num bar e peço uma água. Não trouxe nada além de uma nota de cem pesos no bolso. A água me desce pela garganta e, sem nenhum outro órgão a mediar, se instala na minha bexiga. Agora tenho que ir ao banheiro. Eu vou, sento no vaso. Minha urina tem cheiro forte, como se eu tivesse comido aspargos. Não, cheira a passiflora. Peço a conta e pago. Quero ficar mais um tempo, mas tenho vergonha de não consumir. Percebo a reprovação no olhar dos outros: lá vem outra imigrante roubar aquecimento. Vou embora.

No começo, quando eu cheguei, roubava na caradura. Entrava num bar para me aquecer e, quando o garçom chegava, eu juntava as mãos e dizia: "Não tenho um tostão, estou com frio, vou embora daqui a cinco minutos". Era uma súplica camuflada na minha voz suave e na minha aparência, que não era a de uma vagabunda. Então me deixavam ficar e muitas vezes me davam uma bebida quente, um churro, uma medialuna. "Só porque você é bonita", um garçom me disse certa vez, piscando para mim. Então me trouxe uma cerveja, um prato de azeitonas e um guardanapo com seu número de telefone. Guardei por meses. Ele sim que era lindo. Muito. Mas não liguei para ele. Uma das minhas falhas parentais foi a incapacidade de me misturar com a classe trabalhadora. Aquele garçom tinha um salário melhor e genes melhores do que os meus — seguindo o critério que sustentava minhas falhas de infância —, mas era garçom. Num acesso de franqueza, perguntei-lhe se estudava ou se fazia alguma coisa, além de limpar mesas — sim, claro, faço quadros, esculturas, poemas, cirurgias, softwares, documentários, implantes cocleares. Não, nada, este era um trabalho *full time* — seu tom era vitorioso —, mas tinha as segundas-feiras livres. E piscou para mim de novo.

Caminho em direção ao prédio, mas não quero chegar lá, sento-me num banco e acho que já estive aqui. Não neste banco, mas neste transe. O transe da futilidade. Eu me olho de fora e é como estar sentada diante de uma vida que já vivi. Reconheço tudo, mas não há nostalgia. Apenas aborrecimento. E sinto uma corda amarrada nas costas que me puxa. Não vai me levar a nenhum paraíso, tenho certeza, porque já me deixei arrastar antes. A corda é o desejo de fugir do que sei, o desejo de me perder. Mas a pessoa que eu sou acaba me alcançando, porque discorda dos meus impulsos. E o que ela faz? Puxa a corda na direção oposta e volta a me esmagar aqui, neste banco.

Eu me arrependo de tantas coisas que só de enumerá-las me dá um nó na cabeça e me impede de pensar. Eu me arrependo de ter aceitado fazer o texto da vaca, ter me comprometido a concorrer à bolsa, ter deixado que me empurrassem uma gata necrófila. Eu me arrependo de ter conhecido Axel, me arrependo de ter me apaixonado por Axel. Eu me arrependo de não ter sido firme com Susan: vocês não entram na minha vida, nem na minha casa, nem mesmo no meu sofá. Do que mais me arrependo é de não ter freado minha irmã com sua ladainha de encomendas: se eu repassar todas as caixas que ela me enviou, é fácil ver que ela estava me preparando para essa última, a do golpe de misericórdia.

Imagino minha mãe preocupada, me esperando no apartamento. Sua camisola já posta, deslizando os chinelos para a frente e para trás. Às vezes, seus passos soam como a mão que acaricia uma cabeça dolorida: "Sh, sh, sh, vai passar". Outras vezes são cobras que rastejam em bandos.

Quando eu voltar para o apartamento, minha mãe vai ter mil anos, acho.

Eu também. Nessas horas envelheci séculos.

Abro a porta, tentando não fazer barulho. Ponho as chaves na jaqueta e não a tiro. A porta do meu quarto está aberta e a cama está feita. Vasculho o apartamento com passos leves e o encontro vazio.

Onde eu não olhei?

Penso em algo: entro na cozinha, vou até a lavanderia. A caixa está montada, os seis painéis novamente levantados, espremidos no meio daquele pequeno cômodo úmido. A lavanderia não tem janelas, apenas algumas aberturas retangulares na parede para ventilar. Entra uma luz entrecortada e desenha faixas de luz e sombra na superfície da caixa. Se estivesse num museu, poderia ser uma daquelas instalações que são belas na sua simplicidade, arbitrárias no seu significado e convincentes no seu caráter evocativo.

Fecho a mão. Dou um par de batidas com os nós dos dedos na caixa:

— Mamãe?

O silêncio que se segue acelera meu pulso.

— Sim? — responde. — Estou aqui, nena.

Ela aparece atrás de mim, na cozinha, me olhando um pouco confusa. Seu vestido, seus chinelos, seus mil anos: tudo certo.

— O que você está fazendo, falando com essa caixa?

14

Acordo com saudades de Marah.

Lembro-me dela deitada no chão da sala, com as pernas levantadas para melhorar a circulação, falando comigo sobre a futilidade da vida prática e a necessidade de alimentar a vida interior com teoria sociológica e esses livros lânguidos de prosa poética de que tanto gosta porque, diz, "prefere a literatura sem argumento", como se isso fosse possível. E às vezes meditação, às vezes vegetais, sempre psicanálise. Eleições disfarçadas de uma espécie de espoliação programática, mas que, na verdade, são megacapitalistas.

Talvez eu não sinta falta de Marah, mas do fato de poder falar com alguém sem a ambição de chegar a uma conclusão. Soltar uma linha de diálogo e seguir com outra e outra, até que alguma de nós se canse ou se irrite. Marah é taxativa. Suas frases são mandamentos talhados em pedra. Suas perguntas e respostas — que em geral ela faz a si mesma — parecem slogans: o que é a civilização? Transformar matérias-primas. Para melhor? Nem sempre. Então, para quê? Para torná-las úteis. Quando estou com ela, sou taxativa também. O que nos salva, suponho, é que, além de taxativas, somos ingovernáveis.

Às vezes eu a maltrato e ela me maltrata. Às vezes acho que talvez nos amemos, mas no fundo não gostamos tanto uma da outra. Depois da nossa última discussão, ela saiu ofendida. Era tarde, ela disse que voltaria para casa. Provavelmente esperava que eu a convidasse para ficar, que lembrasse a ela que a cidade estava cheia de estupradores. Ou que a convidaria para fazer algo que nos reparasse sem nos expor demais. Tínhamos antídotos. Ver *Friends*, por exemplo. Oito, dez capítulos contínuos bastavam para mudar nosso humor. Mais não, mais era intolerável. O que eu fiz foi perguntar por que ela sempre vinha à minha casa, que era bem mais feia do que a dela. Eu queria perguntar isso a ela há muito tempo. Marah era rica, pelo menos para os meus padrões. Morava numa mansão com tetos muito altos, excepcionalmente bem aquecida. Tinha uma empregada a quem podia pedir o que quisesses, a qualquer momento: desde preparar o mate — ou uma paella valenciana — até levar para ela a caixa de comprimidos onde guardava o ácido. Na noite em que discutimos, Marah estava sentada no Chesterfield, os joelhos dobrados na altura do peito, o queixo apoiado nos joelhos. E, enquanto estava lá, olhou para o chão, como se esperasse que alguém soprasse a resposta de baixo. Perguntei se ela não tinha outras amigas além de mim.

— Claro que tenho, e você?

Lembrei-me de Julia. Minha primeira amiga quando cheguei a Buenos Aires. Ela programava recitais num teatro em Boedo. Saíamos todas as noites, nos divertíamos muito. Eu raramente a via durante o dia. Morava num apartamento antigo, em frente a uma igreja. Saindo para a sua varanda, encontrava-se uma cúpula impressionante. Uma noite, numa festa na sua casa, um rapaz a deitou na mesa da sala de jantar ainda servida com restos de pratos e copos vazios; ele tirou os sapatos dela e chupou os dedos dos seus pés, um a um. Eu estava numa cadeira de onde podia ver a mesa em primeiro plano, e atrás dela a varanda, e atrás dela a cúpula com a lua de um lado.

— Acho que não — eu disse.

A coisa dos dedos não me impressionou em si, mas, sabe-se lá por quê, me fez pensar em duas madrugadas antes disso: estávamos fechando o teatro e Julia me pediu para ajudá-la a fechar o pesado portão de ferro, porque ela estava muito dolorida. Por quê? Porque ela tinha feito um aborto. "Não achei que doesse", respondi rapidamente. Queria evitar que aquele espaço entre as frases fosse preenchido com silêncio. "Tudo que passa pelo corpo dói", disse ela com uma expressão sofrida que encerrou a conversa.

Eu poderia ter dito algo gentil, nem mesmo comprometido ou solidário, apenas gentil. Não fiz isso porque quando alguém diz que está mal, que está com muita dor, adquire uma corporeidade que me assusta. Entendo que todos carregamos o peso de ter um corpo, mas em geral me esqueço dele: quando alguma circunstância fora do meu controle me obriga a imaginar um corpo por dentro — saliva, sangue, ovários inflamados, intestinos recheados de alimento decomposto —, minha resposta é me contrair.

— Por que você é minha amiga? — Marah me perguntou.

Eu disse a ela que não sabia. E, enquanto dizia isso, pensei que Marah não era real; nem nossas conversas, nem nossas brigas, nem nossa amizade eram reais. Julia era real, tinha um emprego real, coisas reais aconteciam com ela. Na vida e no corpo. Parei de vê-la por causa de uma questão de horários, foi o que eu lhe disse. Eu deveria ligar para ela em algum momento. Mas aí eu teria de explicar. O que serve para mim são amigas como Marah, e não como Julia. Não posso arcar com o volume ocupado por uma pessoa afetada por assuntos sérios, problemas financeiros, enfermidades. Eu não saberia o que fazer com isso. Acabaria a abandonando como as plantas que eu não plantei na varanda. Definharia nas minhas mãos. Há pessoas — minha irmã, por exemplo — que têm vocação para sustentar relacionamentos, quanto mais fracos melhor: sentem que podem salvá-los. Já vi muita gente empolgada com a ideia de ser o sustentáculo de outra pessoa, seu pulso não treme diante das necessidades alheias, diante da doença ou do luto. É uma convicção soberba. São essas mesmas pessoas que depois se vangloriam da sua dedicação e exigem ser compensadas, mas não há nada no mundo que possa compensá-las.

— Bem, se você não tem uma resposta — disse Marah —, talvez deva repensar algumas coisas...

Respondi algo completamente vago, algo para ganhar tempo. Ou silêncio.

— Suponho que o que me serve é esse tipo de lealdade que nasce da miséria de outra pessoa — disse.

— Hein?

— Sim, suponho que, se você fosse gentil, não seria minha amiga. Não sei como retribuir a gentileza. Com a infelicidade, por outro lado, a gente se acostuma.

Levantou-se com gestos delicados, fingindo serenidade. Pôs o agasalho e foi embora. Na manhã seguinte, me mandou uma mensagem: "Uma amiga é alguém que te ama o suficiente para apontar seus defeitos". Mais um puto de um slogan. Depois: "Você está perdida, mas esse não é seu defeito. Seu defeito é que você é uma pessoa de merda".

Minha mãe já se levantou. Há algum tempo, ouvi que ela subiu as persianas do meu quarto. É uma persiana de madeira pesada, faz um barulho que eu detesto. Quando uma persiana se abre — a minha, a de um vizinho — significa que amanheceu de novo, e isso raramente me entusiasma. O entusiasmo de fazer coisas como escrever, comer ou até mesmo tomar banho e ver as pessoas chega a mim depois do meio-dia.

No telefone há seis ligações de Eloy e duas de Axel. As de Axel são de ontem à noite. As de Eloy, bem cedo nesta manhã. De madrugada, terminei o texto da vaca. É um discurso da própria vaca falando da sua morte plácida. Sua voz em off se dirige ao espectador enquanto ela passeia por um prado feito em pós-produção — a vaca, na realidade, será trancada num estúdio de paredes azuis.

Nunca sei se um texto vai funcionar. Depende do desejo do cliente. Depende do nível de persuasão de Eloy. Do grau de inchaço do seu rosto, suponho.

Meu trabalho é volátil.

Mando uma mensagem a Marah. Curta e direta ao ponto. Espero uma resposta semelhante, mas ela não vem.

As persianas da sala ainda estão abaixadas. A pouca luz que entra vem do corredor que leva à cozinha e da fresta da porta do quarto. Eu vejo um envelope caído no chão, Máximo deve ter enfiado por baixo da porta ontem à noite. O carimbo de um navio de cruzeiro é visível. É um cartão-postal da minha irmã, com certeza. Tenho vários que ela me mandou ao longo dos anos, das viagens que fez com a família. É a típica foto de fim de viagem oferecida pelas agências de turismo: é tirada nos primeiros dias das férias, quando você já perdeu a palidez, mas ainda não está tão acabado por causa do sol. Nesse momento você escolhe quantas vai levar e dá o endereço da pessoa a quem quer enviar uma cópia. O resultado é que muitas vezes recebo o cartão-postal da sua viagem antes dela.

Posso adivinhar a foto que há dentro do envelope: a família da minha irmã em primeiro plano e ao fundo uma praia do Caribe ou uma piscina transbordando sobre o mar aberto, azul e brilhante. Os filhos e o marido devem estar bronzeados, de fato, mas minha irmã não. Para ela, o desafio é se manter branca, leitosa. Também está flácida, mas isso é secundário. Outras mulheres julgam seus corpos caídos irrecuperáveis. Vi aquele olhar que mistura vergonha, tristeza e resignação: sou um povo abandonado, terra de ninguém. Minha irmã não. Nunca vi ninguém mais feliz com o próprio corpo. Cada dobra, cada grama extra é recebido como recompensa por ter chegado até aqui. Minha irmã é próspera, exuberante e vital. Claro, ela faz dietas e tratamentos, mas não se cansa na hora de medir os resultados. Pelo contrário, minha irmã se celebra. Desde que sua pele permaneça branca. E permanece: à base de protetor solar fator 100, chapéus, guarda-sóis, sombras e uma batelada de hidratantes. De crianças, quando nos olhávamos no espelho juntas — fazíamos isso para nos examinar, para encontrar vestígios da nossa filiação —, minha irmã dizia: "Somos Ebony and Ivory". E isso lhe dava alegria e culpa. A segunda durava pouco porque, em compensação, ela me dizia, eu era magra como uma garça, meu cabelo era liso como o de uma indígena e, com as roupas certas, dava o casting perfeito para interpretar a latina típica de Hollywood.

A mãe conta histórias para as filhas, mas só quando elas estão dormindo. Parece-lhe que, dessa forma, permanecerão no inconsciente, que é onde se guardam melhor as coisas. É como se estivesse secretamente alimentando-as com comida que, se soubessem, as filhas nunca enfiariam na boca. Conta-lhes lendas, gosta de ensinar a elas a origem das coisas. Às vezes, quer contar sobre sua própria origem e diz: "Vou contar nossa história. É uma história bonita, mas é confusa, porque não tem uma ordem, e eu não sei muito bem por onde começar". Então ela fica em silêncio, tentando organizar suas ideias, mas não consegue. "É melhor contar sobre a origem das baleias: o rei do mar perdeu a esposa no parto do filho..."

É sexta-feira. Há uma semana, a essa hora, eu estava fazendo planos para a noite com Axel. Tínhamos decidido assistir a um filme. O cinema é perto da minha casa, então passaríamos a noite aqui. No fim, o filme não aconteceu porque o cinema estava muito cheio e éramos um pouco fóbicos. O negócio de passar a noite aqui eu não lembro por que não deu certo. Do que me lembro é de uma conversa na varanda sobre algo vago, relacionado com redes sociais, que nem eu nem Axel usávamos. Havia uma frase que ficou presa em algum lugar da paisagem — os galhos do plátano, as plantas de Erika, o rejunte sujo da varanda — porque foi justamente quando vimos o casal da frente saindo com o bebê dormindo dentro do moisés.

Qual foi a frase? Tinha a ver com a tendência de construir um mundo povoado por pessoas que pensam como você. E para quê? Reforçar as opiniões próprias e se tornar extremista. "Cada um na sua ilha, encapsulado na sua ideologia", Axel disse algo assim. "Incapaz de…, não digo de aceitar nem de entender a diferença, mas de conviver com a diferença", isso também. Concordei, mas tentei pôr à prova o raciocínio dele, sabe-se lá por quê. Eu me perguntei se nos encapsular não era o que todos nós estávamos fazendo, desde sempre, tivéssemos Twitter ou não. Ele e eu, por exemplo, ficaríamos juntos ou não de acordo com nosso grau de coesão, ou seja, de afinidade. Qualquer relação era sustentada sob um sistema de crenças, não idênticas, mas muito semelhantes. Não era isso que procurávamos? Cercar-nos de paredes macias que não nos machucariam quando roçássemos contra elas? Procurar ter um interior bom, porque o exterior é ameaçador. Se germinassem agulhas nas paredes, nos afastaríamos delas, buscaríamos a segurança do centro para não tocá-las.

Agulhas, penso agora, foi isso que minha irmã e eu fomos para minha mãe.

E o que ela foi para nós? Um eclipse.

Talvez naquela noite, há uma semana, o eixo que mantinha Axel e eu juntos tenha se desviado. Não muito, bastava um pequeno giro. Como quando ocorrem terremotos numa extremidade do planeta que mudam a posição da Terra em graus insignificantes que, no entanto, são suficientes para encurtar os dias e prolongar as noites no resto do mundo. Agora me parece bem claro: ao vermos o casal da frente partir, deixando seu rastro de luzes acesas, nosso desacordo apareceu. Axel, diante do meu mutismo crescente (que não era sintoma de desinteresse, mas de ruminação), me perguntou sobre algo que se pergunta costumeiramente quando você está conhecendo alguém. Quer dizer, não foi uma pergunta bizarra. Minha história, Axel queria saber minha história. Minha origem. Minha raiz. Minha razão de ser. Repassei mentalmente minhas teorias densas sobre parentesco, e elas se revelaram irreprodutíveis. Eu me peguei procurando explicações simples para afirmar um teorema não comprovado. Desisti, não tinha sentido arrastá-lo para o meio do mato.

O som do chuveiro costuma ser intermitente. Ele muda dependendo da superfície na qual o jato de água bate. A banheira, o braço, os ombros, a cabeça, a nuca, os pés. Mas, no caso da minha mãe, noto que ela permanece inalterada, como se a água estivesse sempre batendo na mesma superfície rochosa. Eu a imagino de cócoras, recebendo o impacto nas costas.

Disse a Axel que contaria a ele minha história outro dia, mas naquela noite não tinha vontade. E lá continuamos por mais um tempo, contemplando a mesma paisagem de antes, só que não parecia mais a mesma porque ele sentiu que tinha de intervir e com isso a modificou.

Então foi isso.

Axel, consciente ou inconscientemente, plantou algo na minha cabeça. Sua mão me agarrou pelo pescoço, me levou a uma criatura gigante que eu havia escolhido ignorar e me pôs de joelhos: Vamos lá, dê uma boa olhada nela, experimente os sentimentos apropriados.

— Está tão escuro aqui. — Minha mãe sai do quarto e levanta as persianas da sala. A claridade se espalha pelo chão à medida que a persiana se eleva. Aperto os olhos para evitar o primeiro golpe frontal do sol, um beliscão entre as sobrancelhas. Quando a persiana está prestes a chegar ao topo, minha mãe solta a corda e põe as mãos na boca. A pomba morta nos olha lá de fora, envernizada com seu próprio sangue, escura e espessa como uma crosta.

Corro para vomitar, mas não tenho nada no estômago.

Entro no chuveiro, ligo a torneira, me agacho, deixo que a água me atinja.

Minha mãe está me esperando na sala, pronta para sair: calça, suéter, o xale que a envolve. Está com um saco na mão, dentro está a pomba. Saímos. O corredor está gelado, o elevador também. É estranho não cruzar com ninguém a esta hora da manhã. É estranho que uma senhora que diz ser minha mãe me pegue pelo cotovelo e dirija meus passos. Lá embaixo, minha mãe joga o saco na lixeira do outro lado da rua. Ela pega meu cotovelo de novo e seguimos em frente. A brisa no rosto me faz bem. Estou tonta porque não comi. Eu me viro antes de dobrar a esquina para ver se Máximo saiu para varrer ou se há alguém na entrada do prédio. Ninguém. É um quarteirão vazio, atapetado com folhas marrons.

— Para onde vamos? — pergunto a ela quando andamos vários quarteirões e ela ainda está avançando.

— Para lá — ela aponta para a frente do prédio em construção que se vê da minha varanda —, quero vê-lo de perto.

Eu olho para o seu perfil. As raízes do seu cabelo estão brancas. Há rugas que eu não tinha visto na sua pele muito fina. Caminho ao lado do futuro de mim mesma.

O prédio está fechado, como sempre. Uma fita amarela abraça seu perímetro. Os vidros, forrados por dentro com papel escuro, devolvem-me o reflexo, e, quando me vejo ali, penso na continuidade dos corpos dos outros nos meus. Vejo as feições da minha mãe fundidas no meu rosto, e o queixo afilado da minha avó, e aquela pequena marca no fim da sobrancelha que poderia ser uma cicatriz, só que minha irmã também tem. Um corte misterioso sem origem ou relato. Quando perguntava à minha irmã sobre a história daquela cicatriz gêmea, ela balançava a cabeça: "Não sei nada sobre isso". O vento se torna mais frio. Olho para cima, para o alto do prédio. Gosto muito dessa obra inacabada. Isso me lembra o tamanho da ambição humana. E da loucura também. Como entrar numa catedral renascentista e olhar para o teto para constatar nossa pequenez. Imagino que, se o prédio cair e me esmagar, algo de todas as pessoas que me habitam vai morrer comigo. Quando alguém deixa de existir, leva consigo um pedaço de nós, um pedaço material, concreto, não apenas um monte de memórias. E quando alguém nasce tem traços antigos, vem com uma carga de passado que será sempre maior do que seu futuro. Isso é engendrar, desapegar-se de um pedaço de matéria e história, dá-lo ao mundo para que não apodreça com você. A resistência à extinção. O empenho em se perpetuar. Um desejo mesquinho e narcisista. Em muitos dias, meu desejo é que o vento me varra como poeira. Desaparecer. É o que eu tenho feito, de todas as formas. Afastar-se, desvanecer-me. Nas pouquíssimas vezes que cruzei com gente do meu passado — da minha infância, da minha adolescência, da minha cidade —, pude notar a estranheza nos olhos deles, no tom de voz, como se estivessem diante de um fantasma. "Você desapareceu", dizem-me, embora seja óbvio que não, que ainda estou aqui, presa no mesmo recipiente. A expressão dos outros nunca é agradável, é como se me saber longe lhes desse a certeza de que estou bem, mas quando me veem de volta não podem deixar de pensar que algo deu errado. Voltar, quase sempre, é fracassar.

Há dias em que quero desaparecer depois de um último suspiro de cansaço. Mas o alívio desaparece quando penso que passei pelo mundo sem nada a que me agarrar. A quem eu poderia deixar uma mensagem, uma rendição, um pedido de desculpas? Quem me julgaria?

15

— Você se lembra de que íamos fazer uma piscina?
— Mas ocupava muito espaço no jardim.
— Eu gostaria de ter tido uma piscina.
— Bem, sinto muito.
— O que terá sido do Eusebio?
— ... você tinha um mar infinito descendo o barranco.
— Cheio de bichos que agonizavam.
— Era por causa das algas, eram venenosas.
— É estranho que você não saiba nada do Eusebio e da Machi.
— Da Machi, sim, ela ficou comigo até morrer.
— A Machi morreu?
— Sufocada com um osso, dá para acreditar?
— Meu Deus.
— Como um cachorro.
— A Machi teve filhos?
— Um monte.
— E onde eles estão?
— Não faço ideia, nena.

A noite é uma caixa fechada. Não levanto a cabeça há duas horas. O jantar não me caiu bem. Tudo me deixa doente. Meu corpo está se comportando de maneiras estranhas estes dias.

Talvez meu estômago não esteja mais acostumado com essa comida. Minha mãe e eu estamos na varanda; rodeadas por uma cápsula invisível, de paredes grossas, que abafa os sons vindos da rua e os transforma num murmúrio irritante. Penso: ou é um sonho ou uma ressaca. Estou com frio. Um cobertor cobre meus ombros e outro, minhas pernas. Minha mãe tem apenas o xale nos ombros: lhe cai solenemente, como o manto de uma deusa. Se eu não me mexer, o desconforto diminui. Com o mesmo cobertor nos ombros, improviso um travesseiro no encosto da cadeira e apoio a nuca. Nenhuma estrela. O mesmo céu profundo, sem cantos. Dessa cadeira já vi morrer vários verões e nascer outonos frios e cinzentos.

—A lâmpada da sala está queimada, nena.
— Eu sei.

A casa da minha mãe tinha poucos móveis. Partes do piso de cimento haviam sido levantadas por raízes embaixo dela, e em alguns cantos havia plantas rasteiras trepando pelas paredes. Tudo rangia. A umidade inchava e desinchava a madeira. Minha tia dizia que as casas eram como as mulheres: assim que se casavam eram lindas e limpas, mas depois as usavam, chegavam os filhos e as arruinavam, sujavam-nas, quebravam-nas, e não havia mais volta.

Ou seja: inaugurar um corpo ou uma casa é inaugurar sua deterioração.

A deterioração, penso agora, é uma instância superior da matéria, porque significa que algo floresceu nela. Só aquilo que deu fruto apodrece.

Havia ecos naquela casa: do vento sacudindo as árvores, da chuva batendo nas janelas, de alguém chorando num banheiro, da raposa no telhado. Por duas vezes tentamos envenenar a raposa e não deu certo. Ela comia a carne crua que deixávamos, lambia o prato, mas não morria. Talvez o veneno estivesse vencido. Uma vez Eusebio se assomou ao forro pela escotilha e a surpreendeu com o focinho no prato: ele esticou os braços cuidadosamente e, quando estava muito perto, a agarrou com força pelo pescoço e a puxou para fora. A raposa gritava e se aferrava com tanta violência, que Eusebio escorregou da escada agarrado ao animal. A raposa caiu de barriga no chão, com um golpe tão forte que vomitou sangue. A gente achava que tinha se estourado por dentro. Mas quando Eusebio a soltou, pensando que a abatera, a raposa saltou sobre ele e arranhou seu rosto, deixando alguns talhos abertos que doíam só de olhar. Em seguida, subiu pela escada e se lançou pela escotilha de volta ao forro.

— Você nunca aprendeu a matar animais? — pergunto à minha mãe.

Ela não responde. Não insisto. Fecho os olhos.

Depois do jantar, minha mãe me convenceu a tomar três colheres de sopa de passiflora. "Você vai ver como isso te apaga", me disse.

Antes do jantar, recebi uma e-mail do grupo do prédio, Carla convocava uma reunião na manhã seguinte. Reunião num sábado era muito incomum. Via-se que Erika estava furiosa. A linha de assunto dizia: "Vários 7B".

Também recebi uma mensagem de Marah: tentaria dar uma passadinha amanhã à noite.

Quero planejar nosso encontro. Quero me abster de brigar. Pretendo matar o tempo com pequenas tarefas: pôr a chaleira no fogo, descascar laranjas, escutá-la sem intervir. Escutar é uma demonstração de hospitalidade: abro mão do ar disponível na minha casa para que suas palavras circulem. Enquanto isso, faço coisas. Fazer coisas é fácil. Quando uma pessoa faz coisas deste jeito, sem pensar, não requer respostas, e sim reações.

Mate? Sim. Açúcar? Ok. Sofá ou varanda? Varanda. Todas as coisas que podem ser feitas sem pensar são assustadoras. Comer, beber, matar, viver.

Outras pessoas resolvem seus problemas empurrando os extremos para o meio para tentar preencher a brecha da incompreensão. Lá, no meio, acomodam duas cadeiras e sentam-se para conversar. Na verdade, chamam isso de "dialogar". Mas a brecha nunca se fecha completamente, há sempre um ar, uma fissura pequena, mas expansível. Cada pessoa é um núcleo emoldurado por brechas de incompreensão. Mesmo aqueles que se sentam mais próximos estão separados por aquela borda fina, mas profunda. Ninguém é tão próximo de ninguém. Ninguém pode ignorar o abismo que o isola dos demais.

Marah e eu olhamos para o abismo, fingimos não vê-lo, e às vezes dá certo. Outras vezes, uma arrasta a outra para uma borda perigosa onde pode não só ver o buraco, mas sentir a vertigem.

— Vá dormir. — A mão da minha mãe no meu ombro é enorme e pesada. Abro os olhos devagar. Vejo o rosto dela muito perto.

Axel não me ligou o dia todo.

— Você viu a gata hoje? — pergunto enquanto me levanto da cadeira com as habilidades motoras de uma velha. Ela não responde ou eu não a escuto.

À tarde, deixei para Ágata uma tigela de comida. Coloquei aqui, na varanda, mas já não a vejo. Eu não tinha nenhum alimento concentrado, então juntei sobras. Pensei que, se eu desse mais comida para ela, a gata pararia de me trazer cadáveres.

— Não estou com medo — digo, a troco de nada.

A troco da passiflora.

Minha mãe pega meu braço e me acompanha até o quarto.

— Eu devia ter medo?

— Não, não, nada disso — diz ela, me dando tapinhas nas costas.
— Você vai me dizer o que veio me dizer?
— É claro.
— Quando?
— É uma história linda.
— Mas quando?
— Um pouco confusa, porém.
— Por...?
— Mas no fundo é muito simples.
— No fundo de quê?

Minha mãe me ajuda a sentar na cama. Apoio a cabeça no travesseiro. Ouço seus chinelos se arrastando. Ela apaga a luz, sai do quarto, fecha a porta e deixa um buraco no ar. Ponho as mãos nas laterais dos olhos para restringir ainda mais a visão, para não me distrair. Como os bois. Quando o campo é muito amplo, acho difícil distinguir o essencial do acessório. É por isso que sou assim, acho, porque cresci olhando para o horizonte. Divagando, fantasiando, fugindo. Preciso me impor uma estrutura. Preciso ter uma nova consciência. Pelo menos por esta noite, concentrar-me no que posso ver diante dos meus olhos. A floresta de bananeiras, as algas venenosas, os sapatos da minha mãe virados na terra como dois pássaros mortos.

A vigília é enganosa. Deitada na minha cama, de olhos fechados, parece que meses se passaram desde a última vez que Axel veio à minha casa. Antes das suas baleias, antes de termos aquela conversa pantanosa na varanda, antes do desacordo, estivemos no meu sofá. Foi cruzar a soleira da porta, dar dois passos e cair sobre essa superfície macia e um tanto irregular — suponho que sua antiga dona, a velha morta, lhe deu um bom uso antes de mim.

Lembro-me do corpo de Axel em cima do meu, pressionando apenas o suficiente para impedir a mobilidade sem me sufocar. Axel é habilidoso com as mãos. Ele as treinou, obviamente. Quantas calças ele teve que desabotoar e puxar para baixo para aprender a se encaixar com perfeição entre as pernas de uma garota sem despi-la completamente? Enquanto esteve ali embaixo, aspirando o pouquíssimo ar que havia entre seu peito e meu rosto, tomada por um hedonismo cego, pensei que tal intensidade seria capaz de me tirar dos eixos. Um choque elétrico, isso aconteceu. Punhados de fumaça saíam da minha boca, a cada expiração.

Ainda de olhos fechados, entrei com Axel num carro e mergulhamos numa estrada reta e contínua. Ele estava dirigindo e eu olhava pela janela para a paisagem — terra plana, verde, vazia; de vez em quando eu me virava para ele, concentrado na estrada, um braço apoiado na janela e a manga da sua camisa se agitando frenética.

Quando o prazer se desfaz, a melancolia aparece, como uma poça.

Depois veio o silêncio. Ficamos ali, naquele pequeno espaço, seu braço pálido achatado contra meu braço marrom, num contraste retumbante — e publicitário. A única luz vinha de fora, e cada tom se elevava na presença do outro como se precisasse se reafirmar. A intimidade entre duas pessoas é feita desses silêncios, pensei. Há outras coisas feitas de silêncio: confiança, perfumes, literatura. Gosto de silêncio, mas não tem muita graça se for praticado na solidão. Entre duas pessoas, por outro lado, significa plenitude. Significa também a ilusão de perdurabilidade. Mas não se deve confiar, às vezes o silêncio é uma forma de esconder o frágil: olhar um para o outro para verificar uma felicidade contaminada pelo medo de que, se alguém mencioná-la em voz alta, ela será quebrada.

16

Faz tanto frio que não quero me mexer. É o frio de uma casa que está vazia há muito tempo. Percebo que, se eu dormi na minha cama, minha mãe deve ter dormido no sofá. Isso me deixa ansiosa e envergonhada. Levanto-me depressa. Abro as persianas do quarto. O sol da manhã me dói, mesmo esse sol deprimido. Antes de sair do quarto, vou ao banheiro, sento-me para urinar, preciso tomar banho para me livrar da sonolência. Ontem foi um dia angustiante, penso enquanto tiro a roupa. À luz de hoje, um ridículo completo. Do que posso ser acusada na reunião? De jogar animais mortos na varanda de um vizinho? É falso, mas digamos que eu me declare culpada para cortar o mal pela raiz. Ok, peço desculpas, foi um acidente, não vou entrar em detalhes. Caso encerrado. O que mais a palavra "vários" pode conter?

As mensagens do grupo de WhatsApp do prédio são eufemísticas e grandiloquentes. Os vizinhos pensam em si mesmos como um grupo de pessoas a quem foi confiada uma missão transcendental. Cuidar da propriedade, velar por esses tijolos que, claro, importam mais do que aqueles que os habitam. Tem toda a lógica, tem inclusive uma ideia de justiça: os tijolos duram. Muitos de nós que participamos dessas reuniões nem sequer somos proprietários. Não importa, são obrigatórias. É preciso ter ciência das decisões coletivas, cujas fronteiras com as particulares são sempre difusas. Se tal vizinho pode fazer uma festa numa quinta-feira; se você pode ou não quebrar uma parede para ampliar um ambiente e em que momento. Penso no apartamento de Erika e Tomás. Derrubaram paredes e mais paredes até criarem não espaço, mas vazio. Eles precisavam criar esse vazio e depois preenchê-lo com seu gosto sóbrio de revista e se sentir donos dela. No fim, é disto que se trata: derrubar, tirar o pó, repovoar, possuir.

Saio do chuveiro, me enrolo na toalha. Vou para o quarto. A água do meu cabelo pinga no chão, então eu o enrolo em outra toalha que tiro do closet. Eu me olho nua no espelho da parte de dentro da porta. Não sei o que pensar do meu corpo, salvo que ele ainda é jovem, quer dizer, lindo? O jovem é lindo? Segundo quem? Eu deveria ter uma opinião mais elaborada do meu próprio corpo: como minha irmã, como Axel, como a babá de León. Não ouço nada lá fora. Estou com fome. Procuro meu celular na mesa de cabeceira: são vinte para as onze. Ponho uma calça jeans, camiseta branca, moletom preto, bota curta. Esfrego o cabelo com a toalha e depois passo o secador. Eu me olho no espelho de novo. Pareço bem, dormir me recompôs. Passo um batom rosa imperceptível nos lábios, cujo efeito ressalta minhas bochechas. É bom não parecer desleixada, mas não é bom se exibir. O batom tem a cor da saúde: eu pareço radiante, não maquiada.

Minha mãe não está no sofá ou na cozinha. Nem na varanda. Bufo. Maldito jogo lunático.

— Mamãe?

Sem resposta.

Abro a geladeira, não há mais quase nada. Oito dias atrás parecia um bunker de guerra, hoje sou digna de caridade. Talvez minha mãe tenha ido até o supermercado comprar mantimentos. Seria raro, mas possível. Eu a imagino com a sacola de compras, andando indecisa de um lado para o outro, tentando localizar o comércio da esquina que, toda vez que saímos, eu aponto para ela: se você precisar de alguma coisa, venha aqui; se precisar de dinheiro, está na gaveta da cozinha, ao lado das chaves, ao lado do caderno de notas.

Eu me sirvo um copo de leite e bebo.

O cartão-postal da minha irmã ainda está no envelope, em cima do balcão. Vejo que embaixo há outro envelope e uma caixa de cocadas que eu não tinha visto. Abro primeiro o cartão-postal: encontro a foto que estava esperando. Ela e sua família com roupas brancas e mar aberto — tão azul que parece um filtro. O outro envelope não diz nada em lugar nenhum. Abro e encontro uma foto com um post-it amarelo: "Surpresa", diz na caligrafia da minha irmã. Retiro o post-it: somos ela e eu sentadas no tronco de uma árvore na casa da minha mãe. Não me lembro desse momento. Quantos anos devia ter? Seis, sete? Quem será que tirou esta foto? Talvez minha irmã também não saiba, porque nenhuma das duas olha para a lente. Ela parece estar falando comigo. Talvez esteja me contando uma das suas histórias familiares em que todos nós, em algum momento, morremos envenenados ou afogados ou destripados como os porcos na beira da estrada. No verso da foto não há data, mas um bilhete escrito à mão que não consigo identificar: "Olhe, são como garrafas. Escolha uma ou duas coisas (não cinco, nem dez, nem mil) para enfiar dentro delas, na cabeça. Devem ser coisas que podem viajar muito tempo sem apodrecer. Então jogue-as no mar, deixe-as ir". Leio o bilhete várias vezes. Verifico o envelope para ver se há mais alguma coisa, mas não há mais nada. Fico nervosa, quero ligar para minha irmã para que me explique esta nova foto velha. Quem escreveu o bilhete?

O que quer dizer? Visto sob esse prisma, parece que havia um plano para nós duas. Pelo menos naquele dia alguém acreditou que deveria haver um plano e deu uma série de instruções. O que aconteceu, então? O plano falhou? O plano funcionou? O plano era esse? Quero esperar minha mãe e mostrar a foto para ela. Mas são quase onze horas. Abro a caixa de cocadas e como uma, apressada, e depois outra. Corro para escovar os dentes. Pego um cachecol e a jaqueta e saio no corredor, que está gelado. Respiro fundo e chamo o elevador.

Enquanto desço, imagino o salão arrumado por Máximo: as cadeiras de plástico formando um semicírculo; de um lado está a mesinha onde colocam a garrafa térmica de água e o mate, que circula de mão em mão simulando uma cerimônia tribal. Não consigo me acostumar a compartilhar o mate entre estranhos. "Você não gosta?" Eles me olham surpresos como se estivessem observando um enigma indecifrável. A surpresa significa que atribuem universalidade a um costume próprio e que desprezam aquilo que lhes é estranho, distante, desconhecido. Nunca ninguém me perguntou o que eu tomava; talvez não para me oferecer, mas, pelo menos, para me dar um lugar naquele conjunto homogêneo que não era o da única que não toma mate, mas o da menina que prefere o chá. Eu timidamente nego com a cabeça: "Não, eu não gosto". E, ainda por cima, peço desculpas: "Sinto muito". Minto. Sim, eu gosto de mate. Adoro. Passo o dia inteiro tomando mate. Mas prefiro mentir para não me segregar ainda mais com a confissão violenta de que sua orgia de babas me dá nojo.

Sento-me num dos lugares que estão livres. Quero conferir o horário, procuro meu celular no bolso. Deixei lá em cima. O elevador se abre e vejo Susan aparecer com León pela mão. Pede desculpas: não tinha com quem deixar o menino. Ela se senta, dá o celular para León se distrair. León o pega sorrindo e vai sentar-se num canto, encostado na parede com as pernas estendidas.

Estamos todos sentados, exceto Máximo: de pé, encostado à porta da sua pequena e insalubre cabine de vigilância. Nunca o vi dentro da cabine; durante o horário comercial, varre; passa o resto do tempo isolado no seu apartamento no térreo.

Vejo o homem que sempre ceva o mate, mas hoje não há mate.

Carla se dispõe a começar a sessão: levanta-se da cadeira e limpa a garganta. Carla é longa, afilada e séria como uma espada militar.

— Todo mundo sabe por que estamos aqui — diz.

Todos? Olho em volta para ver se alguém me acompanha na minha perplexidade. Ninguém.

— Eu não sei — digo.

— Bem — diz Carla —, o assunto da reunião dizia "Vários 7B". Ou seja, vamos falar do seu apartamento.

— Ah, ok. Como dizia "vários", imaginei que houvesse mais de um.

Ninguém ri. Às vezes me sinto compelida a falar bobagens, a ser infantil para compensar a escuridão. Algo escuro está chegando, dá para sentir no ar. Nos olhares cada vez mais severos. Erika e Tomás estão numa das extremidades do semicírculo, de mãos dadas. Carla se dirige a eles:

— Erika, você quer começar?

Erika faz que sim com a cabeça. E conta que há alguns dias começou a detectar coisas estranhas vindas do meu apartamento.

— Coisas estranhas — repito. Ou pergunto. Não se entende.

— Querida — diz Carla, já sentada —, você não pode interromper.

Não quero interromper, quero quebrar tudo.

— Desculpe-me — eu respondo —, mas isso pode significar qualquer coisa: desde uma seita satânica até tráfico de órgãos.

— Não tem graça — diz Erika. Sua boca é uma careta de nojo, como se tivesse passado anos imitando o gesto de querer vomitar.

— Não estou dizendo que é engraçado, apenas inespecífico. Você não pode soltar frases voláteis e esperar uma resposta concreta, Erika.

Deve ser a primeira vez que a chamo pelo seu nome.

— ... escolher a expressão "coisas estranhas" em detrimento de tantas outras não pode te sair de graça. Por quê? Se para o resto de nós sai caríssimo.

Alguns vizinhos me olham com estranheza, mostram-se impacientes ou distraídos. Quando fico com raiva, perco o fio da meada, falo por falar, e os outros ficam confusos com o que falo. Mas não é uma confusão estratégica, é inútil. É puro embotamento nervoso.

— Deixe Erika continuar, por favor — diz Carla, a dona das vozes.

De qualquer forma, não é só culpa minha que eles não me entendam. Ninguém toma o tempo necessário para entender uma ideia que é apenas meio formulada, mas com pistas suficientes para que aqueles que tenham vontade de entender possam entender. E essa não é uma reação tão distinta à indiferença.

— Todos queremos que isso acabe logo — diz Carla.

Ou ao desprezo.

— Não é mesmo? — ela insiste, olhando para mim.

Sacudo a mão como se dissesse faça o que quiser, não se importe comigo. Olho para a porta de saída, considerando a ideia de escapar. Minha mãe está na rua, pode voltar a qualquer momento. Imagino que irrompe na sala como uma faísca que racha o céu e ilumina a noite. Seria uma boa oportunidade para apresentá-la aos vizinhos. Uma mãe, num esquema estreito de valores, gera respeito, compaixão, empatia. Faz bem às pessoas perceberem que não estão sozinhas nessa empreitada — a de ter uma mãe.

Depois de respirar fundo, como se estivesse prestes a mergulhar num pântano, Erika retoma: fala do rato morto, da pomba morta, e acrescenta que os vizinhos do andar de baixo (não posso localizá-los no semicírculo porque não sei quem são) reclamaram que eu joguei o lixo da pá na varanda deles, coisa que eu também tinha feito na varanda dela. Erika menciona o incidente de quinta-feira: eu, uma mulher adulta e presumivelmente sensata, pulei o muro divisório, me meti na sua casa, a espiei pela janela. Ela balança a cabeça:

— Não estamos acostumados a viver assim.

Há um murmúrio generalizado, um respaldo unânime ao seu testemunho.

Onde está minha mãe?

— Você tem algo a dizer, querida? — diz Carla. Seu tom tenta ser indulgente, mas a maldade não deixa.

— É tudo mentira — digo. — Um disparate. A gata leva e traz animais mortos na boca. É a gata, não eu, é tudo tão ridículo. Na quinta-feira pulei na varanda dela para pegar a pomba morta que a gata tinha deixado lá, não para espioná-la...

Ninguém fala nada.

— Ontem a pomba morta estava na minha varanda de novo.

— Olho para Erika, que está digitando algo no celular. — Quem a pôs lá, Erika?

Ela nem responde. É como se um louco estivesse falando. Agora olho para Susan.

— Susan, você pode contar, por favor? — digo.

Susan está perturbada:
— Contar o quê?
— Que você viu a gata na minha casa outra noite.
— Sim, sim, eu vi.
— E León a viu com a pomba morta na boca. — Eu me viro para León, que está jogando um joguinho no celular. Mexe os polegares ansiosamente, como se esmagasse insetos. — Não é, León?
León não levanta a vista, então insisto.
— Ei, León.
O menino me olha sem entender por que eu o tiro do transe.
— Vamos deixar o menino fora disso — diz Carla, a doadora da justiça.
— Mas ele a viu — insisto.
León está de volta às telas. A mãe olha para o chão. Erika apoia a cabeça no ombro de Tomás, vermelho e mortificado.
— Bem — diz Carla —, vamos supor que tenha sido a gata.
— Vamos supor? — Quero gritar.
— Ainda temos outro probleminha.
— Ah, sim? — Levanto-me da cadeira porque sinto um calor insuportável. Meu estômago está queimando.
Carla suspira, olha para Máximo, que ficou mudo, sem conseguir esconder a satisfação. Máximo me odeia mais do que o resto, porque não pode aceitar que alguém como eu esteja "acima" de alguém como ele. Ele pode se curvar como um gollum para qualquer outro dos presentes, mas seu sangue ferve por ter que tirar o lixo de uma arrivista com cara de indígena e ar de superioridade.
Máximo calça um par de luvas de plástico que tira do bolso da calça. Ele entra na sua cabine e sai novamente com aquela pose de criatura pré-histórica que está emergindo da caverna. Carrega um saco preto na mão, coloca-o à vista de todos e puxa

o corpo rígido de Ágata de uma só vez. Ele a agarra pelas pernas e a levanta como um fato irrefutável. León começa a gritar, Susan corre para o seu lado. Afundo-me na cadeira, escuto murmúrios distantes e quase indistinguíveis. Um barulho de vozes quentes que queimam e me deixam nervosa. Os olhos de Ágata não se movem, são duas pedras secas.

17

É sábado e não tem quase ninguém no parque. É um milagre. Estou aqui há cerca de duas horas, acho: não estou com o telefone para olhar. Um tempo atrás descobri que o muro com a aranha não é uma aranha, estão faltando duas patas. Talvez seja uma aranha aleijada. O inseto no muro, de qualquer forma, tem seis patas e seu corpo é composto de muitos pontos e nenhum contorno.

 Sentei-me e fiquei ouvindo as maritacas. Lembrei-me de León há dois dias correndo ao redor de uma árvore: "Sou um guerreiro ninja invisível". Adormeci. Depois acordei puxando o ar. A mesma coisa tinha acontecido comigo na reunião do prédio, eu me senti estrangulada pela pressão de todos aqueles olhos sobre Ágata e depois sobre mim, e depois sobre Ágata e depois sobre mim, como se esperassem por uma transmutação. Pulei da cadeira assim que pude e fugi para a rua sem esperar por um veredito. Caminhei até recuperar o fôlego e chegar até aqui. Chorei. Uma mulher me deu um pacote de lencinhos. "Você está bem?", perguntou. Assenti com a cabeça. Depois de um tempo, me levantei e andei pelo parque, aqueles caminhos curvos de lajes cinzentas que brilham ao sol, quando há sol. Mas hoje não há sol, as lajes parecem lápides.

— Um cigarrinho? — ouço atrás de mim. É o homem de sempre. Eu o amaldiçoo em silêncio. Eu me viro, falo que não tenho nenhum. Ele sorri para mim: uma fileira de dentes ocres agarrados à gengiva escura e inchada. Seus olhos são pequenos, de uma cor azul desbotada. Dá um passo à frente, cheira a coisa rançosa. Ergue os braços para os lados, como um falcão abrindo as asas; ameaça se jogar em cima de mim com um movimento voraz que me assusta. Eu instintivamente me lanço para trás, tento me virar para correr, mas meus pés se enroscam e eu caio. De cara no chão, o nariz destroçado, o sangue jorrando como uma torneira que se abre. O cara segue em frente, rindo, andando sem rumo.

Levanto-me e saio rapidamente do parque. Caminho em direção ao prédio e vejo Susan chegando:

— Eu te encontrei! — ela diz, correndo até o outro lado da rua. Quando está mais perto, franze a testa num gesto de dor. — Eca! O que aconteceu com você?

— Eu caí.

Susan pega meu rosto, examina o nariz e diz que não é nada, uns vasinhos rompidos, é por isso que o sangue é tão fluido.

— De vez em quando ele sangra — eu digo.

— Vai ficar roxo, ou verde, ou ambos.

— Eu sei.

Ela me pega pelo braço e caminha comigo. Diz que na casa dela pode me fazer um curativo.

Na sua casa, ela pega um kit de primeiros socorros, molha uma bola de algodão com água oxigenada e me limpa. Depois vêm os band-aids, o trabalho delicado das suas mãos de enfermagem. Ela termina e olha para mim:

— Impecável.

Pergunto por que ela estava me procurando antes.

— Bem, você saiu correndo e eu queria segui-la, mas não consegui te alcançar. Subimos porque León ficou muito impressionado com a gata, teve um ataque de choro. — Ela balança a cabeça, afugentando as próprias lágrimas. — Você tem que ser uma pessoa de merda para exibir um animalzinho assim, como um pedaço de carne inútil.

Quando conseguiu se acalmar, León disse para ela me procurar naquele parque. Ela demorou um pouco para percorrer todo o perímetro antes de me encontrar.

— Sei.

Estou com fome. Pergunto a Susan se ela não tem nada para comer. O copo de leite e as cocadas são tudo o que há no meu estômago, e essa azia que não vai embora. Ela me traz umas torradas, um suco de maçã e um paracetamol:

— Queria te dizer que não acredito em nada do que falaram sobre você lá embaixo, sei que você é uma boa pessoa.

Não respondo. Nem mesmo eu sei se sou uma boa pessoa.

— Se eu fosse você, apresentaria uma queixa contra eles... — continua Susan.

É incrível como os outros te incentivam a fazer coisas com as quais nem sonhariam. Susan não denunciaria ninguém porque é uma cagona. Seu apoio cairia muito bem no momento em que estavam me detonando, mas ela achou mais interessante contemplar o mosaico de granito do corredor. Ser bom e solidário em circunstâncias comuns não vale nada, Susan, é como acender uma lanterna no meio do dia.

Eu como as torradas muito rápido e peço mais suco. A azia está diminuindo.

Susan volta com um copo cheio e me entrega.

— Você tem namorado? — pergunta.

— O quê?

— Me desculpa. Pode ser uma deformação profissional, mas você está meio pálida e esse apetite é suspeito. — Ela ri com uma malícia que não corresponde ao meu estado de espírito.
— Hein?
— Você não está grávida?
Sinto o ar preso no peito. Eu me levanto. Deixo o suco na mesa. Digo a ela que estou cansada, que quero ir para casa.
— Desculpe-me, não quis ser intrometida.
— Não, de jeito nenhum.
Saio para o corredor e chamo o elevador.
Um zumbido constante nos meus ouvidos se instala. É o barulho deixado para trás depois de um rojão. Ou depois que algo enorme cai do teto: você não o vê chegando até que o chão trema e rache.
Minha mãe continua ausente.
Pego o laptop e me sento no sofá. Abro o arquivo da bolsa. Deveria terminá-lo antes da segunda-feira. Leio uma parte do que escrevi:

A mãe e as duas filhas moram numa casa, mas não se veem. Elas se comunicam por meio de um caderno que fica na mesa da cozinha. As notas quase sempre tratam de assuntos práticos: comida, compras, tarefas domésticas, intempéries. O clima do lugar é inclemente todos os dias: o sol queima como o fogo e a chuva cai na forma de tempestades devastadoras que derrubam árvores e enfurecem o mar. A menina mais velha é responsável por escrever as notas para a mãe. Se o leite acabar, a menina mais velha abre o caderno, põe a data e anota: comprar leite. Ou: precisamos de chinelos novos. Ou: a raposa não nos deixa dormir. A mãe vai riscando as coisas que resolve e de vez em quando também escreve notas: desçam até a praia, mas calcem os sapatos, ela está cheia de corais cor-de-rosa afiados, belíssimos. Ou:

peguei manga para vocês, estão maduras e doces. Ou: vocês realmente acham que pés de galinha são uma porcaria? A mais nova intervém pouco, preferindo procurar a mãe pela casa, embora nunca a encontre. Ela segue seus passos, que são silenciosos, mas deixam uma pegada preta derretida por onde passa. O chão da casa está cheio dessas marcas, que desenham labirintos circulares. Às vezes, também ouve sua voz dando instruções ao caseiro e corre para onde acha que ela vai estar, mas não chega a tempo. Embora ainda não escreva bem, ela também deixa anotações no caderno. Anota a data: Hoje. E então escreve: Onde você está? No dia seguinte, ela encontra a resposta: Ha ha! Que pergunta maluca! Estou aqui, nena, você não está me vendo?

Penso: Tenho algo a dizer, mas não sei como dizer.
Penso: É a mesma coisa que acontece com minha mãe?
Penso: Há muitos animais neste romance.

Fecho o laptop, estou cansada. Quero dormir e acordar em outro lugar. Quero dormir e acordar em outro corpo. Vou ao banheiro, pego o frasco de passiflora e bebo o que sobrou.

E se eu desistir de tudo? O que é tudo? Axel, o trabalho, a bolsa, minha irmã, Marah. Por Deus, Marah. A ideia de vê-la hoje me angustia. Imagino que escrevo para cancelar: "Não estou me sentindo bem, vamos marcar outro dia". Ela imediatamente responde: "Tudo tem limite". E eu: "Se tudo é Tudo, não pode haver limite, é uma contradição". Ela me manda um gif de *fuck you*.

Não posso cancelar. Não posso incinerar todos os barcos.
Meus olhos se fecham, desço a persiana.
Ligo para a farmácia e peço um teste de gravidez.

Por volta das seis, acordo e ligo para Eloy:
— Eu estava prestes a denunciá-la ao Missing Children — diz ele.
— Tive alguns problemas terríveis no prédio.
— Que tipo de problema?
— Nada demais, uns vizinhos de merda.
— Como todos.
— Sei lá.
— Vão te mandar embora?
— Você vai me mandar embora?
Ele ri. Ouço o som do gelo num copo, depois um longo suspiro.
— Hoje não.
Ele me diz que não aprovaram a campanha da vaca. Quer dizer, suspenderam. Aprovar, já estava aprovada; na verdade, eles tinham pagado o adiantamento para produzir as primeiras peças. E agora tudo foi para o lixo.
— Não, por favor, não foi culpa do seu texto. — Ele diz isso num tom que me faz entender que o simples fato de me achar culpada é me atribuir uma importância desmedida.
Nem chegaram a ler meu texto.
Ele gostou, um pouco metafísico, talvez, mas... bom, não importa mais. Metafísico? Do que você está falando, *Horacio*? Que não há campanha, repete.
— Mas por quê? — pergunto.
Ele diz que não passaram por uma certificação necessária para lançar a marca. Segundo o cliente, os matadouros fizeram lobby contra ele e "não sei que diabos mais". Mas Eloy não acredita no cliente. Acha que foram para outra agência, ele vai descobrir.
— Tá.
— Era muita grana — ouço-o engolir.

— Sinto muito — digo.
— Está tudo bem.

Onde estará o filho de Eloy?
a) Com a mãe e o namorado, um cara bem-intencionado que não tem ideia de como falar com uma criança.
b) No cinema, com a família do seu melhor amigo: agora ele a acha muito agradável, mas em poucos anos a odiará porque ela representa tudo o que ele não tem (ele não dirá isso, é claro, dirá: "Sua hipocrisia me enoja").
c) Trancado num quarto, jogando. Zangado com o mundo, mas a salvo.

— Nos vemos na segunda? — pergunto.
— Você sabia que há lugares onde masturbam os porcos antes de matá-los?
— Oi?
— É para eles liberarem o estresse. Para que estejam relaxados quando morrerem.
— Você sugeriu esse método ao cliente para suas vacas?
— Não, mas poderia. Quer dizer, se está preocupado com uma morte violenta e dolorosa... Mas eu não sei como se masturba uma vaca.
— Por outro lado, com os porcos você é um especialista.
Dessa vez, as gargalhadas são estrondosas. Ele está bêbado. Pergunto-me se devo desligar ou se devo ouvi-lo. Não pelo meu trabalho, mas por pena.
— Antes ninguém pensava em como os animais morriam, sabe? Agora eles estão obcecados para que não sofram, mas é inconsistente com o fato de que, uma vez mortos, eles ainda os engolem, não acha?

Eloy precisa conversar. A questão é secundária, assim como o diálogo. Ele só quer ser ouvido e receber respostas que apoiem suas afirmações.

— Nasce um vegano — digo.

Falar, para alguns, é uma forma de aliviar a infelicidade.

— Não sou muito fã de animais — diz. Tem gente que tricota, Eloy fala. — Mas também não gosto muito das pessoas.

Não respondo. O cochilo me deixou meio grogue. Foi longo e inusitado. Tive sonhos estranhos.

— Você está aí? — Eloy pergunta.

— Sim, é que estou cansada.

Volto a escutar o gelo no copo.

Sonhei com meu pai, não lembro o quê. Não sei nada sobre meu pai além daquela foto que minha irmã guarda no armário dela. Um homem bem penteado, óculos de armação grossa e camisa xadrez. Seus olhos eram grandes e escuros; sua expressão, feliz. Um homem feliz. Poderia ser a moldura de um porta--retrato genérico de farmácia. "É porque você não o conheceu", respondeu minha irmã quando eu lhe disse que ele tinha cara de nada. Ela sim o conheceu: seus primeiros cinco anos, mas, para mim, isso também não basta. Não basta para quê? Para sentir-se parte. E se bastar?

— Ok — diz Eloy —, obrigado por ouvir.

— Por favor, não.

— Descanse, garotinha.

Desligamos.

Nunca vou me sentir parte. Não importa até onde eu force o fio do parentesco e da memória para encontrar o significado, a origem, a semente de fazer parte. A menos que a sensação de fazer parte não esteja enterrada, como um fóssil, no passado. Penso que, se o presente está cheio do passado, se já o contém e não pode desfazê-lo — porque desfazê-lo seria desfazer-se —, também é inútil pesquisar aqui, agora. O passado e o presente são esconderijos que eu já conheço, mesmo que não os compreenda bem, mesmo que me esforce tanto para entendê-los, como se entender fosse a grande coisa. Entender é ambicioso, bastaria, talvez, distingui-los. O que era antes, o que é agora, onde tudo começa e onde termina. Não tenho paciência para resolver uma sequência. A sucessão de cenas se confunde na minha cabeça e ainda não consigo encontrar o que estou procurando.

Descarto o passado e descarto o presente. Deveria procurar em outro lugar.

Onde não procurei?

Enquanto espero Axel, sento-me no sofá. Também espero minha mãe. Ou é isso que penso. Também espero Marah, embora ela talvez não venha. Pode ser que Axel também não. Escrevi para ele dizendo que queria conversar e Axel disse: "Daqui a pouco passo aí". Impreciso e dissuasivo. Enviei-lhe um emoji de baleia, depois um emoji de revólver. Mandou-me a cara que chora de rir e um coração flechado. Isso me aliviou. E o alívio me levou a pensar que depositar minha confiança em ícones adolescentes não é uma característica muito astuta.

Parece que vai chover.

Talvez ninguém venha e eu vou esperar para sempre.

Uma suspeita mais extrema me assalta: penso que nunca me movi desse lugar. Estou plantada aqui há séculos. Sou o broto e a extinção. Não há nada no meio.

Vou até a cozinha. Um pacote aberto de nachos sobrevive na despensa. Na geladeira há água, biscoitos umedecidos num prato; um vidro de azeitonas em salmoura, sem azeitonas. Minhas reservas murchas. Abro a gaveta em que guardo meu bloco de notas. Não tem muitas notas; algumas instruções domésticas que eu dou a mim mesma e uma mensagem antiga que Marah me deixou uma vez que passou a noite aqui e saiu antes de eu acordar — "Compre comida!". Procuro uma folha de papel em branco e escrevo: "Onde você está?".

Não há luz na sala, tudo são sombras.

Saio para a varanda. Pressiono os olhos com as mãos até ver manchas brancas que nascem como gotas no fundo preto e vão se alargando até o comerem. Espero que, quando tirar as mãos e abrir os olhos, descubra que o mundo voltou à sua forma rudimentar de oito dias atrás. Quando as lombrigas na minha cabeça ainda estavam ativas, prolíficas, controladas. Agora mesmo estão quietas. Adormecidas. Talvez quebradas. Não importa, há lombrigas que se rompem e seus segmentos sobrevivem.

Tenho um plano: vou fazer o teste quando alguém chegar. O primeiro a chegar testemunhará como esse objeto plástico, que parece um termômetro não muito sofisticado, se transforma numa evidência de futuro. Ou não.

Antes disso, tomei banho, sequei o cabelo, me olhei no espelho e vi que o golpe ainda estava lá: entre o nariz e a bochecha esquerda, mais inchado e mais escuro. Vesti uma calça com elástico e sem zíper para facilitar o processo. Pus o moletom da "Rabid Fox".

As folhas secas do plátano continuam a cair. Ágata podia ouvir o som que elas faziam quando tocavam a calçada. Era um crac muito suave que a fazia levantar as orelhas e abrir bem os olhos. Seus sentidos eram aguçados diante do inevitável.

O apartamento do casal e do bebê ainda está iluminado e vazio, como quem não perde a fé.

Procuro a conexão intangível entre minha mãe e meu filho, se é verdade que algo bate dentro de mim: um coração minúsculo flutuando como um *dumpling*.

Volto para o sofá. Deito-me, pego a caixa do teste e fecho os olhos. Para me distrair, penso em filmes. Todos dos quais me lembro tratam mais ou menos da mesma coisa: da perda. E da espera. Penso no E.T., abandonado pela sua nave — ou seja, pela sua mãe — num planeta hostil, numa casa sem pai e sem critérios para comer comida saudável ou se vestir bem. Penso em Giovanni Sermonti, Molly Jensen, Antoine Doinel, Maggie Fitzgerald, Arthur Fleck, Ally Campana, Malévola. Todos perderam algo, todos esperam que algo os repare ou que seus segmentos sobrevivam.

Imagino que minha mãe chegue e diga: Você está prestes a se tornar a casa de alguém. Eu lhe digo: O que você fez com Ágata? Não há resposta.

Imagino que Marah chegue e me diga que é o contrário. O que é o contrário? O que sua mãe lhe disse. Diz: Alguém está prestes a se tornar sua casa. Pergunto-lhe: Quantos pesos são quinhentas libras?

Imagino que minha irmã chegue: Felicidades — diz ela —, só o que deu fruto apodrece.

O interfone toca. Levanto-me para atender.

Faço contas rápidas: nasceria no verão, logo no início do calor. Gosto do verão. A vida explode em tons de verde.

Este livro foi composto em Fairfield LT Std no papel Pólen Natural para a Editora Moinhos enquanto The Fevers cantava *Mar de rosas* em uma segunda-feira noturna.

*

Na Venezuela, as eleições eram contestadas.
Uma estátua de Maduro fora derrubada pelo povo.

No resto do mundo, tragédias enquanto as
Olimpíadas na França aconteciam...